곤충 탐정과 벌꿀 도둑

안녕 글·그림

이지북
EZbook

차례

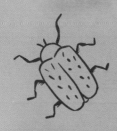

공주개미를 만나다

해가 쨍쨍한 오후, 서은이는 오늘도 홀로 아파트 단지에 들어섰다. 친구 대부분은 방과 후 학원과 과외 수업을 들으러 갔다. 초등학교 4학년이지만 다들 바빴다.

서은이는 놀이터로 향했다. 아빠가 퇴근해서 오시기 전까지는 그곳에서 자율 학습을 할 생각이었다. 그게 서은이가 학원에 가지 않는 대신 아빠와 한 약속이었다.

놀이터에 도착하자마자 튼튼해 보이는 그네 하나를 골라 앉았다. 책가방은 벗어서 그네 기둥에 세워 두었다. 오늘 서은이가 실습하기로 계획한 학습은 도움닫기 하지 않고 그네를 타는 거였다.

앉아서 곧장 윗몸을 앞뒤로 흔들었다. 무게 중심을 앞으로 뒤로 왔다 갔다 움직이자, 느리지만 조금씩 그네가 움직이기 시작했다. 다음에는 두 발로 그네 의자에 올라섰다. 다리를 올릴 때 그네가 살짝 흔들렸지만 성공했다. 몸이 세워지자 무릎을 접었다가 펴기를 반복했다. 땀이 날 정도로 동작을 계속하니 그네가 점점 높이 올라갔다. 곧 머리가 어지러울 정도까지 하늘로 치솟았다.

"이야!"

서은이는 신이 나서 소리를 질렀다. 하지만 그런 기분은 잠깐이었다. 아파트 놀이터에서 홀로 그네를 타는 모습이라니. 어쩐지 외로운 기분이 확 몰려와 자신도 모르게 한 발로 땅을 디뎠다. 그대로 그네를 세운 뒤 앉았다. 그리고서 멍하게 앞을 보던 서은이의 눈빛이 갑자기 바뀌었다. 앞쪽 화단에서 흥미로운 것이 눈에 띄었다.

그네에서 내린 서은이기 곧바로 화단으로 뛰어가 쭈그러앉아 중얼거렸다.

"우아, 왕개미다!"

시골 외할머니 댁에서나 봤던 통통한 크기의 개미가 줄지어 무언가를 옮기고 있었다. 아마도 놀이터에서 놀던 아이들이 흘린 과자 부스러기 같았다.

서은이는 어릴 때부터 곤충이 좋았다. 작고 신기한 존재는 저마다 뚜렷한 특징을 가지고 있어서 하나하나 관찰할 때마다 새로운 것을 발견할 수 있었다. 외할머니는 그런 서은이의 취향이 자신을 닮아서라고 말씀하시곤 했다.

서은이는 개미 행렬을 가만히 관찰하다가, 자신도 모르게 개미 중 한 마리의 몸통을 잡아 올렸다. 갑작스러운 공격에 당황한 개미 행렬이 우왕좌왕 흐트러졌다. 하지만 서은이는 아랑곳없이 손에 잡힌 개미에 집중하여 유심히 관찰했다. 개미의 움직임이 궁금했던 서은이는 이번에는 왼손으로 뒷다리 하나를 잡으려고 했다. 잘 잡히지 않자 눈살을 찌푸리며 다시 시도했다.

갑자기 큰 소리로 꾸짖는 소리가 들렸다.

"무슨 짓이냐!"

그런데 이상했다. 소리가 귀에서 울리는 게 아니라 머리에서 울리는 것 같았다.

깜짝 놀란 서은이는 자리에서 일어나면서 개미를 놓쳐 버렸다. 자유로워진 개미는 쏜살같이 땅속 구멍으로 사라졌다. 그때 또다시 소리가 들렸다.

"왜 아무 잘못 없는 나의 백성을 괴롭히느냐!"

서은이가 이리저리 주위를 빠르게 둘러봤지만 아무것도 보이지 않았다. 알 수 없는 상황에 무서움을 느껴 계속 주변을 살피다 조금 전까지 개미 행렬이 이어진 구멍 앞에 무언가가 꾸물거리는 걸 발견했다.

어리둥절해진 서은이는 좀 더 자세히 보기 위해 다시 화단 앞에 쪼그려 앉았다. 왕관을 쓴 개미 한 마리가 조금 크고 반짝이는 날개를 망토처럼 늘어뜨리고 서서 서은이를 올려다보고 있었다.

'세상에, 이게 어떻게 된 거야? 개미가 서 있다고? 게다가 왕관까지 쓰고? 내 눈이 이상해졌나 봐!'

재빨리 두 눈을 비비고 확인했다. 하지만 눈앞의 개미는 여전히 같은 모습이었다.

서은이는 뭐가 어떻게 된 건지 알 수 없었지만 용기를 내어 물었다.

"혹시 네가 말하⋯⋯."

"그래!"

서은이는 너무 놀라서 뒤로 넘어지며 엉덩방아를 찧고 말았다.

"개, 개미가 말을!"

서은이는 이 상황이 믿기지 않아서 다시 눈을 감았다가 떴다. 하지만 개미는 여전히 위풍당당한 모습으로 서 있었다.

"너, 넌 뭐야? 개미가 날개에 왕관까지!"

"인간 신서은! 곤충에 관심이 많다더니 생각보다 지식이 부족하구나!"

"아, 혹시 공주개미?"

언젠가 아빠가 내 줬던 자율 학습 과제가 떠올랐다. 여왕개미 후보인 공주개미는 교미를 위해 날개가 있지만, 알을 낳을 준비가 되면 날개를 떼고 여왕개미가 된다고 했다. 하지만 곤충이 사람의 것처럼 보이는 왕관을 쓴 건 아무래도 이상했다.

공주개미는 서은이의 생각 따위는 관심 없다는 듯 다시 목소리를 높였다.

"그래, 나는 공주개미가 맞다! 용케 맞혔구나. 하지만 네가 내 백성을 괴롭힌 이유는 아직 답하지 않았다!"

"아, 미, 미안! 그냥 자세히 보고 싶어서 관찰한다는 게 그만……."

공주개미는 여전히 화가 풀리지 않은 목소리로 외쳤다.

"너 같은 몸집의 인간이 우리에겐 얼마나 큰 위협이 되는지 알고 있을 텐데?"

서은이는 고개까지 숙이며 다시 사과했다.

"미안, 정말로 미안해! 해칠 생각은 없었어!"

서은이는 조금 전의 일을 되돌릴 수 있다면 얼마나 좋을까 하고 후회했다. 그런 서은이의 마음을 알았는지, 공주개미가 조금 누그러진 말투로 물었다.

"진심으로 반성했느냐?"

"응, 진심이야! 내가 잘못했어. 다음부턴 절대 그러지 않을게."

하지만 공주개미는 순식간에 단호한 말투로 다시 물었다.

"하지만 잘못을 했으면 벌을 받아야 마땅하지?"

"뭐? 버, 벌?"

갑작스러운 말에 서은이가 깜짝 놀라 되물었다. 좋아하는 곤충을 자세히 보겠다고 무심결에 저지른 일로 벌까지 받게 될 줄은 상상도 못 했기에 얼굴이 하얗게 질려 버렸다.

"자, 잠깐! 정말로 다음부턴 절대 안 그럴게! 한 번만 용서해 주면 안 돼?"

서은이가 마음이 급해져 재빠르게 외쳤지만, 공주개미는 입을 꾹 다문 채 고개를 절레절레 흔들었다. 단호한 공주개미의 반응에 서은이는 입술을 들썩이다 결국에는 말을 잇지 못했다.

공주개미는 고개를 빳빳이 들더니 앞다리 두 개를 하늘을 향해 넓게 펼치며 크게 외쳤다.

"인간 신서은에게 명한다! 너는 이제부터 '곤충 탐정'의

임무를 수행할 것이다!"

"뭐, 곤충 탐정? 그게 무……."

"곤충 탐정 신서은은 곤충의 말을 알아듣고 그들을 다룰 수 있게 된다!"

서은이가 질문하려는 듯 손을 번쩍 들었지만, 공주개미는 무시한 채 말을 계속했다.

"곤충 탐정 신서은은 앞으로 맡게 될 모든 사건을 최선을 다해 해결해야 한다! 그게 네게 내려진 벌이다!"

"아니, 잠깐만! 도대체 무슨 말인지 모르겠어. 내가 사건 같은 걸 어떻게 해결해? 다른 벌로 하면 안 될까? 무엇보다 곤충 탐정이 뭔지도 모르겠……. 어라? 공주개미 님! 저기, 잠깐만!"

서은이는 속사포 랩처럼 말을 쏟아 내며 공주개미를 붙잡아 보려고 했다. 하지만 공주개미는 빛나는 날개를 펄럭이며 등을 돌리고는, 일개미가 사라졌던 구멍을 향해 우아한 걸음으로 쏙 들어가 버렸다.

"공주개미 님! 공주개미…… 아악!"

서은이가 땀을 뻘뻘 흘리며 잠에서 깨어났다. 주위를 둘러보니 익숙한 방이었다. 낮잠을 자다 꾼 꿈이라는 걸 깨닫고 숨을 크게 몰아쉬었다.

'휴, 어쩐지……. 꿈이었잖아. 진짜 다행이다!'

그런데 생각해 보니 정말로 곤충의 말을 알아들을 수 있게 된다면 어떨까 궁금했다. 하지만 곧 말도 안 된다는 생각에 고개를 좌우로 저었다.

"이봐!"

누군가가 부르는 소리, 아니 공주개미의 목소리가 그랬던 것처럼 머릿속에서 또다시 소리가 울렸다. 서은이는 순간 온몸이 얼어붙고 말았다.

"여기야, 여기!"

이어지는 말에 서은이가 불안한 표정으로 천천히 고개를 돌렸다.

소리가 들려온 곳은 침대 위 창가였다. 처음에는 아무것도 보이지 않았지만, 깨알보다 작은 무언가의 움직임이 보

였다. 초록색의 둥글둥글하고 반들반들한 진딧물이 서은이를 바라보며 말하고 있었다.

"공주개미 님께 얘기 들었어. 네가 새로 임명된 곤충 탐정이라며?"

"헉!"

서은이의 입이 떡하니 벌어졌다. 눈이 동그래져서 다급히 물었다.

"너, 넌 뭐야?"

하지만 바로 고개를 마구 흔든 후 손바닥으로 양 볼을 때리며 혼잣말처럼 덧붙였다.

"아냐, 이것도 꿈이야. 꿈이 아직 덜 깼나 봐. 정신 차려, 정신……."

"무슨 말이야. 너, 신서은 아니야? 곤충 탐정. 이상하다, 분명히 맞을 텐데……."

진딧물이 몸을 갸우뚱 기울이며 말했다. 서은이는 창을 등진 채 돌아서서 두 손으로 귀까지 막고 소리를 질러 댔다.

"에에! 아무것도 안 들려! 난 지금 꿈꾸고 있어, 꿈이야!"

"뭐야. 내 말 들리는 거 보니까 맞는데, 뭐. 너, 왜 그래? 어디 아파?"

진딧물은 어느새 침대 머리맡까지 다가와 있었다. 서은이가 뒤로 펄쩍 뛰어 멀찌감치 물러나자, 진딧물이 비꼬는 투로 말했다.

"뭐야, 너 생각보다 겁쟁이구나?"

조그만 진딧물이 무시하자 서은이가 뿔이 나서 소리쳤다.

"뭐, 겁쟁이? 나 겁쟁이는 아니야!"

하지만 이 작은 곤충도 성격이 만만치 않았다.

"나처럼 작고 귀여운 진딧물도 무서워서 피하는 사람이 겁쟁이가 아니고 뭐야? 이래선 사건 하나도 해결 못 하겠네. 곤충 탐정은 용감하기로 소문났는데, 쳇! 아무래도 공주개미 님에게 이 겁쟁이는 안 되겠다고 말씀드리고……."

진딧물이 종알거리며 몸을 돌리려고 하자, 서은이가 다급하게 불러 세웠다.

"잠깐! 내가 곤충 탐정 맞아, 맞다고!"

그리고 바로 차분해진 말투로 덧붙였다.

"너무 갑작스러워서 그런 거야. 내가 맞아, 그거. 곤충 탐정…… 신서은."

자신의 이름 앞에 '곤충 탐정'을 붙이니 묘한 기분이 들어 말이 느려졌다.

진딧물은 찬찬히 서은이의 얼굴을 관찰하듯 들여다보더니 이내 씩 웃으며 말했다.

"좋았어! 그럼 나도 정식으로 인사할게. 난 '지니'라고 해. 곤충들의 전령을 맡고 있어."

"전령?"

"명령이나 말을 옮겨서 전하는 일을 하는 사람이란 뜻이야. 뭐, 나는 사람이 아니라 곤충이긴 하지만."

"아, 공주개미 님의 명령이랑 사건에 관한 정보를 나에게 알려 주는 게 네 일이라는 말이구나?"

"호오, 그래도 꽤 똑똑하네?"

지니가 맘에 든다는 듯 고개를 끄덕이더니 덧붙였다.

"자, 그럼 이제 변신해서 사건 현장으로 가 볼까?"

"어, 변신?"

"응. 너처럼 덩치 큰 인간은 여기저기 돌아다니기도 번거롭고, 사건 현장에 나가 조사할 때 다른 사람 눈에 띄면 귀찮은 일도 생기니까 변신하는 게 편하거든. 잠깐만 기다려 봐."

잠시 후, 지니가 꽁무니에서 투명한 액체를 뽑아냈다. 지니가 아주 작은 물방울 하나를 서은이에게 내밀며 말했다.

"이걸 마셔."

"마시면 어떻게 되는데? 혹시 맛이 이상한 건 아니지?"

서은이가 불안한 말투로 물었지만, 지니는 귀찮다는 듯 말없이 고개만 까닥거렸다.

서은이는 잠시 망설였지만 결국 집게손가락으로 액체를 찍어서 혀에 조심스럽게 댔다. 그러더니 곧바로 얼굴이 환해져서 외쳤다.

"달다!"

너무도 달콤한 맛에 양이 적은 게 아쉬울 정도였다. 이걸 먹을 수 있는 변신이라면 수백 번 해도 좋겠다고 생각했다. 그런데 그때, 온몸에 짜릿하게 전기가 통하는 느낌이 들면서 신음이 절로 나왔다.

"으윽!"

그와 동시에 서은이의 몸이 순식간에 바람 빠지는 풍선처럼 줄어들더니, 어느새 곰 인형에 가려 보이지 않을 정도로 작아졌다. 만약 누군가가 이 모습을 사진으로 남겼다면, 서은이가 연두색 강아지와 나란히 서 있는 듯 보일 것이다. 실제로는 진딧물이지만.

"와, 신기하다! 이게 어떻게 된 거야?"

서은이는 놀랍고 신기해서 호들갑을 떨었지만, 지니는 대수롭지 않다는 듯 답했다.

"설명하려면 복잡해. 그냥 내가 만들어 준 단물을 먹으면 작아지고, 무당벌레, 윽!"

지니가 설명하다 말고 갑자기 눈을 질끈 감은 채 몸을 부르르 떨었다. 그리고 다시 말을 이었다.

"……의 분비물을 마시면 다시 커지는 거야. 후유."

"너 근데, 방금 왜 그런 거야?"

"아, 그게. 무당벌레, 우욱! 얘는 내 천적이거든. 아무래도

천적에 대해 이야기할 땐 자동으로 이런 반응을 보일 수밖에 없어. 자꾸 신음 소리가 나와. 하지만 난 곤충 세계의 전령이니까 이런 것도 감내해야지."

"아, 맞아! 나도 책에서 읽은 적 있어. 사실 지니 넌 진딧물이니까 인간에겐 해충이잖아. 그리고 무당벌레는 진딧물을 없애니까 익충이고. 진딧물과 개미는 서로 도우며 살아가는 공생 관계지만, 개미는 또 무당벌레와……."

책에서 읽은 내용과 유튜브에서 본 내용이 서은이의 머릿속에서 복잡하게 얽혔다. 변신을 위해 마신 단물은 개미가 무당벌레로부터 진딧물을 보호해 주면서 받는 대가인 것도 기억해냈다.

지니가 서은이를 올려다보며 결연한 말투로 끼어들었다.

"하지만 우리는 모두 곤충 세계에서 함께 살아 가고 있어. 서로 천적이 될 수도 있고 도움을 줄 수도 있지만, 어느 하나가 없으면 이 세계는 무너지고 말아. 인간의 기준으로 해충이니 익충이니 하며 우리의 세계를 판단하는 건 옳지 않아!"

"아……. 미안."

서은이는 지니의 말을 정확히 이해할 순 없었지만 일단 사과해야 할 것 같아 재빨리 덧붙였다.

지니가 이해한다는 듯 고개를 끄덕이고는 말했다.

"자, 이제 그만 지체하고 사건 현장으로 가자! 지루지루!"

지니가 창밖을 향해 소리치자, 커다란 곤충 한 마리가 날아와 서은이 앞에 착륙했다. 커다랗고 번쩍이는 날개를 가진 위엄 있어 보이는 멋진 수개미였다.

"안녕하십니까, 지니? 그리고 곤충 탐정?"

수개미는 마치 로봇이 말하는 것처럼 독특한 말투로 인사를 건넸다.

"아, 안……녕?"

"어서 수개미 위에 올라타!"

어리벙벙한 표정의 서은이가 인사도 제대로 못 하는 사이, 지니는 어느새 서은이의 어깨에 살포시 올라와 있었다. 서은이는 여전히 꿈속에서 헤매는 듯한 표정으로 수개미 등에 어설프게 자리를 잡았다. 그러고는 걱정스러운 목소리로 물었다.

"미끄러지지 않을까? 떨어질 것 같은데……."

"쳇, 넌 똑 부러지는 말투와 다르게 정말 겁이 많구나?"

지니가 눈을 흘기며 비꼬더니 서은이가 반박할 짬도 주지 않고 소리쳤다.

"지루지루! 날아!"

"앗!"

서은이는 외마디 비명을 지르며 수개미의 몸뚱이를 양팔로 힘껏 붙들었다.

지니는 서은이를 탐탁지 않은 눈길로 봤지만, 이번에는 입만 조금 삐죽거릴 뿐 다른 말은 하지 않았다.

"어이, 곤충 탐정! 다 왔어. 눈 떠."

서은이는 여전히 수개미의 몸통을 꼭 끌어안은 채 천천히 눈을 떴다. 세상이 멈춰 보이는 걸로 봐서 비행은 확실히 끝난 것 같았다.

"여긴 어디야?"

"어디긴, 사건 현장이지! 자, 빨리 내려."

서은이가 조심스레 수개미의 등에서 내려오자, 수개미는 다시 날아갈 채비를 하며 말했다.

"저는 이만 가 봅니다."

서은이는 수개미의 말투가 재밌어서 자신도 모르게 '쿡' 하고 웃었다. 덕분에 긴장이 좀 풀리는 것 같았다. 고마운 마음에 공중으로 올라간 수개미에게 인사를 했다.

"고마웠어, 지루지루야!"

"뭐, '지루지루야'? 우헤헤헤!"

갑자기 지니가 배꼽이 빠지게 웃어 댔다.

"왜, 왜 그러는 거야? 뭐가 웃긴데?"

"우헤헤헤! '지루지루'는 수개미를 부리는 주문 같은 거라고! 근데 넌 이름인 줄 안 거지? 우헤헤헤!"

"잘 모르면 그럴 수도 있지! 그만 웃어!"

하지만 지니는 숨넘어갈 듯 웃으며 멈출 생각을 하지 않았다. 부아가 난 서은이가 다시 타박했다.

"아, 진짜! 지니, 너 그만 웃으라고! 사건 해결하러 안 갈 거야?"

"아, 알았어. 가자, 가자. 킥킥킥."

그러나 지니는 앞장서서 걷다가도 자꾸만 걸음을 멈추고

는 숨죽여 웃었다.

　서은이는 틈만 나면 자신을 무시하고 놀리는 지니가 얄미웠지만 어쩔 수 없어서 입술만 삐죽 내민 채 뒤따랐다.

3 첫 번째 사건이다!

서은이가 멍하니 서서 주위를 둘러봤다. 지니와 함께 도착한 곳은 어느 허름한 집의 툇마루였다.

"근데 무슨 사건이길래 여길 온 거야? 여기는 사람 사는 곳 아니야?"

당연히 여러 곤충이 모여 있는 장소로 오게 될 거라 생각한 서은이는 의아할 따름이었다. 그러나 지니는 아무렇지 않게 대답했다.

"당연히 사람 사는 곳이지. 여긴 벌을 치는 할아버지와 손녀가 사는 집이야. 아주 착한 사람들인데 요즘 자꾸 도둑이 들어서 꿀을 훔치고 있어. 우리가 그 도둑을 잡아야 해."

"뭐? 곤충 탐정이 그런 일을 하는 거였어?"

서은이가 목소리를 높여 묻자, 지니가 그 소리에 놀라 뒤로 폴짝 뛰며 되물었다.

"으응? 그럼 넌 무슨 일인 줄 알았는데?"

"아, 나는…… 곤충끼리 싸우거나 곤충 세계에서 일어난 사건을 해결하는 줄 알았지."

"물론 그런 일도 있지만, 그건 더 상급 곤충 탐정이 하는 일이야. 넌 이제 시작한 초보 '5급 곤충 탐정'이잖아."

"5급 곤충 탐정?"

서은이가 다시 반문했다. 곤충 탐정에도 급이 있다니, 생각보다 복잡한 체계가 있는 모양이었다.

지니가 다시 차분히 설명했다.

"응, 곤충 탐정은 급수마다 맡는 사건의 종류가 달라. 넌 가장 낮은 급수인 5급이니까 인간과 관련된 사건을 해결해야 해. 인간과 함께 살아가는 우리에겐 너희 인간의 행복도 중요하거든. 어, 집게벌레다! 이봐, 비비!"

서은이에게 곤충 탐정 급수를 설명하던 지니가 갑자기 집
게벌레를 발견하고 불러 세웠다. 그 소리에 곧장 집게벌레
한 마리가 빠르게 다가왔다. 하지만 서은이는 몸이 작아졌
기 때문에 집게를 번뜩이며 다가오는 벌레를 보고 깜짝 놀
랄 수밖에 없었다.

"으악!"

서은이가 외마디 비명을 지르며 뒤돌아 뛰기 시작했다. 서은이의 어깨 위에 있던 지니는 떨어지지 않으려고 어깨를 여섯 발로 꽉 붙든 채 물었다.

"뭐야? 왜 그러는데, 곤충 탐정?"

"넌 저 무시무시한 집게가 안 보여? 잡히면 꼼짝없이 죽게 생겼잖아! 으아!"

걸음아 날 살려라 뛰면서 서은이가 답답하다는 듯 소리쳤다. 지니는 어이없어하며 핀잔을 던졌다.

"쳇, 넌 지금 곤충 탐정이잖아! 모든 곤충과 이야기할 수 있고 그들을 다룰 수 있다고!"

"어?"

서은이는 그제야 뛰는 것을 멈추고 돌아봤다. 집게벌레가 멀찌감치 떨어져서 고개를 갸우뚱거리며 서은이와 지니를 보고 있었다.

'하아, 왜 자꾸 까먹냐.'

서은이는 자신이 곤충 탐정이 되었다는 사실을 자꾸 잊는

게 속상했다. 하지만 그렇다고 이런 식으로 지니가 계속 타박하는 것도 억울했다.

"지니야."

"으응?"

서은이의 목소리가 낮아지자, 지니가 깜짝 놀라 답했다. 서은이의 기분이 좋지 않다는 것을 눈치챈 듯했다.

서은이는 자기 어깨에 있던 지니를 양손으로 잡아 눈앞으로 가져왔다. 그리고 두 눈을 똑바로 마주 보며 또박또박 이야기하기 시작했다.

"넌 나한테 곤충 탐정에 관해 정식으로 설명해 준 적이 없어. 나한테 이건 너무 새로운 경험이고 도전이나 마찬가지야. 너에겐 익숙한 일이겠지만 나에겐 아니라고! 그러니까 내가 곤충 탐정 일을 잘 모른다고 해서 나무라는 건 공평하지 않아. 안 그래, 전령 지니?"

"아, 어. 그, 그렇네."

당황한 지니가 더듬더듬 대답하며 고개를 마구 끄덕였다. 서은이의 입가에 미소가 번졌다. 빠르게 잘못을 인정한 지니가 고마웠다.

그 순간, 갑작스레 따진 것 때문에 지니가 너무 놀라지 않았나 싶어 조금 미안해지기까지 했다. 서은이는 지니를 다시 어깨에 올려놓으며 어색한 말투로 덧붙였다.

"내가 아주 조금은 겁이 나는 건 인정해. 흠흠."

지니도 서은이의 솔직한 태도가 마음에 들었다. 지니의 얼굴에도 안심한 표정이 스쳤다.

서은이가 집게벌레를 바라보며, 지니에게 고개를 기울여 속삭였다.

"이제 쟤한테 이리 오라고 해 줄래?"

지니가 바로 집게벌레를 불렀다. 집게벌레가 빠른 속도로 다가오는 모습은 역시 위협적이었지만, 서은이는 허리를 꼿꼿하게 펴고 서서 기다렸다. 더 이상 겁쟁이로 보이고 싶지 않았다.

바로 앞까지 온 집게벌레에게 지니가 반갑게 인사를 건넸다.

"그동안 잘 지냈어? 도둑들은 여전히 일주일에 한 번씩

오는 거야?"

"네. 계속 지켜봤는데요, 일주일에 한 번씩 와요. 사람들이 숨어 있다 다시 나오기 시작하는 세 번째 날에요."

"사람들이 숨어 있다 다시 나오기 시작하는 세 번째 날?"

집게벌레의 말을 이해하지 못한 서은이가 자신도 모르게 중얼거리자, 지니가 설명했다.

"아, 너희 식으로 표현하면 수요일을 말하는 거야. 곤충에겐 날짜나 요일 개념이 없으니까. 인간들은 주말에 쉬었다가 월요일부터 다시 움직이잖아. 그러니까 세 번째 날은 수요일이지."

"아하, 그렇구나."

인간이 곤충을 관찰해서 그들의 생활을 이해하는 것처럼, 곤충이 인간 세계를 관찰하고 표현하는 방식이 있다는 게 신기했다.

"수고했어! 앞으로도 잘 부탁해."

지니의 말에 집게벌레는 순식간에 벽 틈으로 사라졌다.

서은이는 이제야 곤충 탐정이 되었다는 것을 실감했다.

그리고 이 일이 꽤 재미있을 수도 있겠다는 예감에 흥분까지 됐다.

그런데 갑자기 지니가 위를 올려다보며 외쳤다.

"거미다!"

거미 한 마리가 처마에서 거미줄을 타고 내려오고 있었다.

서은이는 새로운 친구의 출현에 심장이 콩닥콩닥 뛰었다. 한 손을 높이 들어 흔들며 웃음을 띤 채 인사를 건넸다.

"안녕? 거미야, 넌 이름이 뭐야?"

하지만 지니는 다급하게 하늘을 향해 소리쳤다.

"지루지루! 빨리!"

그새 바닥에 내려선 거미가 서은이를 향해 빠르게 날카로운 다리를 뻗었지만, 간발의 차로 허공만 가로질렀다. 서은이는 수개미에 올라타 하늘로 날아오른 상태였다.

"뭐, 뭐야? 쟤는 왜 날 공격하는 건데?"

서은이가 이해가 가지 않는다는 말투로 지니에게 물었다. 그러자 지니가 한심하다는 듯 소리쳤다.

"거미는 곤충이 아니잖아! 넌 곤충밖에 다룰 수 없는 5급

곤충 탐정이라고 분명히 말했잖아! 쳇, 쳇!"

수개미는 거미를 피해 어느 작은 방으로 들어갔다. 그곳에 서은이와 지니를 내려 주고 둘 사이에 흐르는 긴장된 분위기가 부담스러운 듯 재빨리 날아가 버렸다.

놀랐던 마음이 진정되자, 서은이가 오히려 화를 내며 물었다.

"거미도 곤충 아니야? 곤충같이 생겼잖아!"

"어휴……. 거미는 우리 종족이 아니라니까! 넌 곤충 좋아한다면서 그런 상식도 모르면 어떡해. 학교에서도 배웠을 텐데."

"모, 몰라. 기억 안 나."

서은이는 대충 얼버무렸지만, 언젠가 거미와 곤충은 몸의 구조가 다르다고 들었던 것 같기도 했다. 그랬건만 곤충과 이야기할 수 있게 된 게 신나서 깜빡한 모양이다.

"쳇! 너 때문에 하마터면 죽을 뻔했잖아. 왜 하필 이런 애가……."

지니는 또 중얼중얼 서은이를 흉보기 시작했다.

서은이는 자신이 실수했지만, 따지고 보면 몸집이 작아졌기 때문에 거미의 공격도 위협적이었던 게 아니었나 하는 생각이 들었다. 원래 크기일 때는 거미를 무서워할 일도 없으니까.

문득 억울해진 서은이가 버럭 소리를 질렀다.

"괜히 날 변신시킨 바람에 이렇게 된 거잖아! 그러니까 다시 원래 크기로 돌려 놔! 그럼 거미 같은 거 무서워하지 않아도 된다고!"

"뭐? 넌 나처럼 조그만 진딧물도 처음 봤을 땐 잔뜩 겁먹어 놓고선!"

"그건, 네가 말을 하니까 그랬던 거지! 아무튼 빨리 원상태로 돌려놔 줘."

지니가 입을 삐죽이더니 수개미를 부르는 주문과 함께 '우우!'를 덧붙였다. 수개미는 바로 다시 나타났지만 바닥으로 내려오지 않고 공중에서 무언가를 떨어뜨리고는 그대로 사라졌다. 마치 헬리콥터가 보급품이 필요한 곳에 물건을 전달하는 것처럼 보였다.

"저거 마셔. 저게…… 그거야."

지니는 천적인 무당벌레를 말하지 않으려고 얼렁뚱땅 넘기며 수개미가 떨어뜨린 노란색 물방울을 가리켰다. 탁한 노란색 액체에서 시큼한 냄새가 풍겼다.

서은이가 눈살을 찌푸린 채 확인차 물었다.

"정말 저걸 마셔야 한다고?"

"그건 내가 처음부터 설명해 줬다? 설마 그것도 말 안 해 줬느니 어쩌느니 하는 건 아니겠⋯⋯."

"알았어, 알았다고!"

서은이는 냅다 대답하고는 두 손으로 물방울을 감싼 채 마시기 시작했다.

"우욱!"

정말 토할 것 같은 맛이었다. 냄새가 이상한 것은 물론이고 너무 썼다. 서은이는 지니가 준 단물이 맛있어서 자주 변신하고 싶었던 생각을 바로 반성했다.

'변신…… 이거 함부로 할 게 아니네.'

지니가 고소해하는 눈빛으로 그런 서은이를 지켜보았지만, 서은이는 무당벌레의 분비물을 억지로 꾸역꾸역 넘기느라 미처 알아채지 못했다.

효과는 바로 나타났다. 노란 액체를 다 마시고 수 초가 지나기도 전에 서은이의 몸은 원래 크기로 돌아와 있었다.

이제 서은이에게는 다시 티끌 같아진 지니가 소리쳤다.

"이제 날 좀 올려 줘. 네 귓바퀴가 좋겠다."

서은이는 지니를 손끝으로 조심스럽게 집어서 왼쪽 귓바퀴 위에 올려놓았다. 눈에 보이지 않는 위치라 걱정스럽게 물었다.

"자리 잡았어? 괜찮아?"

"응. 근데 사건 조사하러 왔는데 시간을 너무 허비했어. 빨리 나가서 벌통을 살펴봐야 해. 날이 곧 깜깜해질 거야."

서은이는 서두르는 몸짓으로 방문을 세게 열었다.

펙!

"아야!"

그런데 뭔가 방문에 크게 부딪치는 소리와 함께 비명이 들렸다. 서은이가 깜짝 놀라 방을 나가 확인하니, 한 여자아이가 이마를 양손으로 감싼 채 툇마루에 넘어져 있었다.

지니가 다급하게 외쳤다.

"미, 미란이야! 빨리 도망가!"

커지는 오해

서은이는 당황한 나머지 자리에서 그대로 얼어 버렸다. 하지만 지니가 재빨리 부르는 소리에 이내 정신을 차렸다. 벌러덩 누워 있는 미란이의 몸을 펄쩍 뛰어넘으며 작게 "미안!" 하고 외치고는 운동화를 신는 둥 마는 둥 끌면서 대문으로 향했다.

미란이는 여전히 이마를 손으로 감싸고는 눈을 잔뜩 찌푸린 채 서은이의 뒷모습만 바라봤다.

집을 나온 서은이가 운동화에 발을 욱여넣고 곧장 달리기 시작했다.

"헉헉."

미란이네 집에서 한참 떨어진 길모퉁이를 돌고 나서야 서은이가 멈춰 섰다. 벽에 붙어 몸을 숨긴 채 가쁜 숨을 골랐다. 쿵쿵 뛰는 심장을 진정시키려 가슴에 손을 올렸지만 소용없었다.

"하필 방에서 나갈 때 부딪치는 바람에 미란이가 이상하게 생각하겠지?"

"아까 네가 거미한테 친한 척만 안 했어도……."

지니가 또 서은이의 실수를 끄집어내려고 했다. 지니는 그 일을 작은 뇌에 철저하게 기록해서 세 번쯤은 우려먹어야 직성이 풀리는 모양이었다.

서은이가 눈을 흘긴 후 못 들은 척 물었다.

"이제 어떻게 하지?"

"음, 돌아가서 벌들에게 정확한 증언을 듣고 다시 조사해야지."

예상치 못한 지니의 말에 서은이가 당황하여 물었다.

"다시 미란이네 집에 가라고? 그냥 벌들한테 이쪽으로 나오라고 하면 안 돼? 증언은 어디서든 들을 수 있잖아.”

방금 미란이와 마주쳐서 도망 나온 건데 돌아가라니, 말도 안 되었다.

사실 서은이는 미란이와 같은 반이 된 적은 없지만 항상 미란이가 궁금했다. 미란이는 학교에서 꽤 유명한 아이였다. 공부도 잘하고 야무져서 선생님들에게 인정받는 것은 물론이고, 성격도 차분하고 어른스러워서 여자아이, 남자아이 상관없이 모두에게 인기가 많았다. 하지만 서은이는 자연이나 곤충을 좋아해서 밖에 있는 시간이 많은 반면, 미란이는 책을 좋아해서 도서관에 머무르는 시간이 많아 어울릴 기회가 거의 없었다.

그런 미란이에게 서은이가 관심을 가지게 된 건, 지난 겨울 방학 때 교내 프로젝트로 특별히 진행한 과제 발표 대회 때문이었다. 미란이는 ‘꿀이 없는 겨울, 벌들은 어떻게 살까?’란 주제로 1등 상을 받았다. 서은이는 자신 말고도 곤충을 무서워하지 않는 아이가 있다는 것에 놀랐고 친해지고 싶었다.

'그런데 하필 이런 상황으로 처음 만나게 되다니.'

서은이는 아쉽고 속도 상했다. 게다가 이제는 미란이네 집에 다시 몰래 들어가 사건을 계속 조사해야 한다고 해서 눈앞까지 깜깜했다.

그런 서은이의 생각을 알 재간이 없는 지니가 다시 투덜댔다.

"쳇! 이 길가에서, 벌들이 널 둘러싸고 있는 모습을 다른 사람들이 보면 어떻게 생각하겠어, 응? 그리고 사건 현장에

서 도둑이 남긴 증거는 없는지 그것도 확인해야지! 책장에 탐정 나오는 만화책도 많더니만, 쳇! 이번 곤충 탐정은 똑똑한 것 같다가도 영 모자란 구석이 있단 말이지. 쳇!"

"아, 알았어! 그만 '쳇쳇'거려! 갈게, 가면 되잖아!"

서은이는 지니의 '쳇' 소리가 너무 듣기 싫었다. 그 소리를 듣지 않기 위해서라도 미란이네 집에 다시 몰래 들어가야 했다.

서은이는 행여 들킬까 최대한 몸을 낮추고 담벼락에 붙어서 천천히 움직였다. 다행히 벌통이 있는 장소는 집 뒤꼍이어서 미란이가 불시에 그곳으로 나오지만 않는다면 마주칠 염려는 없었다.

지니는 다시 작게 변신하는 걸 제안했지만, 서은이는 그 말을 듣자마자 아까 힘들게 삼켰던 무당벌레의 분비물 맛이 생각나 몸을 부르르 떨었다. 그 끔찍한 맛을 다시 느끼고 싶지 않았다.

뒤꼍에 다다른 서은이는 제발 미란이가 이쪽으로 오지 않기를 빌면서 나란히 늘어선 벌통을 향해 몸을 최대한 낮춰 다가갔다. 3단으로 쌓인 벌통이 다섯 개씩, 두 줄로 놓여 있었다.

"곤충 탐정이다! 곤충 탐정이 왔어!"

벌들이 바로 웅성거리기 시작했다. 서은이는 곤충의 말이 들리는 게 여전히 신기해서 더욱 귀를 기울였다.

"왜 이제 온 거야?"

"전령 지니도 왔어! 지니다, 지니!"

"새로운 곤충 탐정!"

일벌들이 중구난방으로 떠들어 대기 시작하자 붕붕거리는 소리가 커졌다.

놀란 지니가 소리쳤다.

"진정, 진정! 어떻게 된 건지 곤충 탐정한테 설명해 줘."

하지만 지니의 말이 떨어지자마자 벌들은 오히려 더 소란스러워졌다. 벌들의 날갯짓과 말소리가 섞인 시끄러운 소리에 서은이는 머리가 빙글빙글 도는 것 같았다.

"조용!"

작지만 낮게 가라앉은 목소리로 서은이가 말했다. 순식간에 주위는 찬물을 끼얹은 듯 아무 소리도 들리지 않았다. 서은이는 재빨리 손가락으로 가리키며 말했다.

"자, 순서를 정해 줄게. 한 마리씩 차례로 말해. 네가 1번, 네가 2번……."

벌들은 서은이가 시키는 대로 차근차근 말하기 시작했다.

"세 번째 날 나타나요."

벌들도 역시 집게벌레처럼 요일을 표현했다. 서은이가 알겠다는 듯 고개를 끄덕이자, 두 번째 벌이 나섰다.

"깜깜해지면 나타나요."

"두 명이에요."

세 번째 벌의 증언이었다.

"잠들면 꿀을 가져가요."

갑자기 다섯 번째 벌이 끼어들며 말하자, 네 번째 벌이 앞으로 치고 나오며 눈치를 줬다. 다섯 번째 벌이 멋쩍은 듯 뒤로 빠지자, 네 번째 벌이 의기양양하게 말했다.

"미란이도 모르게 조용히 나타나요!"

다시 순서가 맞춰져 여섯 번째 벌의 차례였다.

"그래서 할아버지가 슬퍼해요."

할아버지 이야기가 나오자 급격히 분위기가 숙연해졌다.

"겨울이 되면 설탕물도 많이 챙겨 주는 착한 할아버지인데, 슬퍼해요."

일곱 번째 벌의 말투도 우울했다.

"우리 집에서 꿀을 뺄 때도 항상 조금씩 남겨 주는 착한 할아버지인데…… 도둑들은 나빠요!"

여덟 번째 벌은 화가 잔뜩 나서 외쳤다.

"나쁜 도둑들 때문에 할아버지가 슬퍼해요!"

"나쁜 도둑들 때문에 미란이도 슬퍼요!"

갑자기 모든 벌이 떼로 울기 시작했다. 날갯짓과 함께 소리가 점점 커지자, 서은이는 미란이에게 들킬까 봐 다급히 말했다.

"왜, 왜들 이래? 내가 해결해 줄게! 내가 그 도둑들을 잡아 주면 되잖아! 그러면 할아버지도 미란이도 더 이상 슬퍼하지 않을 거야."

"어떻게요? 어떻게 잡아 줄 거예요?"

벌들은 서은이를 둘러싸고 겹눈과 홑눈으로 이루어진 커다란 눈을 반짝이며 입을 모아 물었다.

서은이는 자신도 모르게 천천히 대답했다.

"내가…… 곤충 탐정이잖아."

마치 선언이라도 하는 것 같았다. 처음에는 곤충 탐정 일을 하는 게 잘못에 대한 벌이라고 해서 이유 없이 두려웠지만, 곤충을 좋아하는 자신에게는 오히려 좋은 일인 게 분명했다.

곤충 탐정이라고 입 밖으로 말하고 나니 서은이는 괜히 가슴이 뿌듯했다.

벌들은 서은이의 말에 춤추듯 한 방향으로 돌며 기쁨을

나타냈다. 서은이의 얼굴에 만족스러운 웃음이 저절로 떠올랐다. 서은이는 곧바로 벌들에게 좀 더 자세한 상황을 알려 달라고 요청했다.

"도둑들은 우리 집까지 망쳐 놔요!"

"벌집을 망쳐 놔서 할아버지가 힘들어요!"

벌통 구조를 잘 모르는 서은이로서는 그 말을 제대로 이해할 수 없었다.

"그게 무슨 말이야, 어떻게 망쳐 놓는데? 자세히 설명해 줄 수 있어?"

"벌통을 열어 봐요!"

서은이가 벌통의 뚜껑으로 보이는 판을 조심스레 들어 올렸다. 상자 같은 벌통 안에 나무틀이 세로로 여러 개 꽂혀 있었다. 벌들이 다시 말했다.

"벌집을 빼 봐요! 길쭉한 걸 빼 봐요!"

시키는 대로 나무틀을 빼서 확인했다. 처음 몇 개는 책이나 유튜브에서 본 것처럼 육각형의 밀랍 벌집에 꿀이 가득 차 있었다. 고개를 갸웃하고 다음 벌통을 확인한 서은이가 놀라서 눈이 동그래졌다.

"어, 어떻게 된 거야? 여긴 벌집이 아예 없어!"

나무틀 안에 벌집과 꿀이 통째로 없었다.

지니가 알겠다는 듯 말했다.

"그렇게 된 거군! 원래는 벌집에 꿀이 차면 할아버지가 꿀만 빼내고 다시 벌통에 넣는 과정을 반복해야 해. 그런데 도둑들은 벌집을 밀랍째 잘라 갔나 봐."

"뭐?"

"맞아요! 그래서 할아버지가 힘들어해요! 우리 집도 사라지고, 우릴 위해 할아버지가 남겨 놓은 꿀도 사라져서 더 슬퍼요!"

꿀을 훔치는 것만으로도 모자라서 벌집까지 망쳐 놓은 도둑들이 너무도 괘씸했다. 서은이는 빈 나무틀을 보며 결연한 표정으로 말했다.

"너희 말대로 정말 못된 도둑들이구나. 반드시 혼을 내 줘야⋯⋯."

"거기 누구?"

갑자기 뒤에서 사람 목소리가 들렸다.

천천히 뒤돌아본 서은이는 그대로 얼어붙었다. 역시 미란이었다.

서은이를 본 미란이의 얼굴이 순식간에 분노와 실망으로 가득 찼다.

"넌 아까 나랑 부딪친…… 너, 우리 학교 다니지 않아? 설마 그동안 우리 꿀을 훔친 게 너였어?"

서은이의 얼굴이 창백해졌다. 미란이와 마주치면 난감해지겠다는 걱정은 했지만, 그렇다고 도둑으로까지 오해받을 줄은 꿈에도 상상하지 못했다.

"아니야! 나는 꿀을 훔친 게 아니고 그 도둑을 잡으려고 온 곤충 탐……."

서은이는 다급히 변명하려고 했지만 금세 그게 가능하지 않다는 걸 깨닫고 말을 멈춰야 했다.

'곤충 탐정'이 무엇인지부터 설명해야 할 텐데, 그건 직접 경험해 보지 않고서는 절대 이해할 수 없는 일이었다. 심지어 서은이 자신도 눈으로 보고 귀로 들어도 처음에는 현실을 부정하지 않았던가. 그걸 설명하려 들면, 미란이는 서은이가 제정신이 아니라고 생각할 것 같았다.

서은이는 도둑으로 몰리는 게 나을지, 엉뚱한 아이로 오해받는 게 나을지 판단이 서지 않았다. 그래서 이러지도 저러지도 못하고 머뭇거렸다.

가만히 보던 미란이가 침착하게 물었다. 목소리에서는 여전히 분노가 느껴졌다.

"도둑이 아니라면 여기 왜 있는 건데? 왜 남의 집에 몰래 들어와서 벌집틀을 꺼내 들고 있는지 설명해 봐. 네가 도둑이 아니라면 그럴 이유가 없잖아?"

미란이는 이미 서은이를 도둑으로 확신하고 있었다.

결국 서은이는 미란이가 자신을 도둑으로 오해하는 것보다는 차라리 좀 이상한 아이로 보는 게 낫겠다는 생각으로 반박했다.

"나, 난 진짜 도둑이 아니고! 도둑을 잡기 위해…… 버, 벌들이랑 얘길 하고 있었어!"

"뭐?"

미란이가 인상을 잔뜩 찡그린 채 되물었다. 아무래도 서은이의 판단이 틀린 모양이었다.

서은이의 머릿속이 하얘졌다. 멀뚱히 미란이를 보고 있다가, 갑자기 몸을 돌려 뛰기 시작했다.

"거기 서! 도둑, 도둑이에요!"

미란이가 소리치며 서은이를 쫓았지만, 서은이에게는 때마침 다행스럽게도 미란이네 집 길목에는 아무도 없었다. 서은이는 달리기 실력을 다시 한번 발휘했다.

미란이는 서은이를 큰길까지 뒤쫓다가 숨이 차서 결국 포기하고 말았는데, 서은이는 그걸 확인하고서도 미란이로부터 최대한 도망가기 위해 뛰고 또 뛰었다.

5 이대로 사건 포기?

"나, 못 하겠어!"

다음 날 아침, 서은이는 책가방을 짊어지다 지니에게 선언하듯 말했다. 지난밤 내내 잠도 제대로 자지 못하고 고민했지만 미란이에게 도둑으로 몰리면서까지 사건 조사를 계속할 자신이 없었다.

지니가 잠시 서은이의 눈치를 보다가 입을 뗐다.

"근데…… 네가 곤충 탐정이 된 건 벌이었잖아? 맡겨진 사건을 해결하지 않으면 더 큰 벌을 받게 될 텐데……."

서은이는 멈칫했지만 고개를 좌우로 세차게 흔든 후 단호하게 말했다.

"그래도 못 하겠어. 차라리 다른 벌을 받는 게 낫겠어. 근데 더 큰 벌은 어떤 벌인데?"

"어? 그, 그건 곤충 재판소의 판결에 달리긴 했는데……."

"곤충 재판소?"

서은이가 의아한 표정으로 되물었다. 곤충 세계에도 인간과 비슷한 방식으로 죄와 벌을 정하는 시스템이 있는 게 신기했다.

"응, 인간 세계와 마찬가지로 우리도 그곳에서 잘잘못을 가리고 그에 맞는 벌을 결정하고 있어."

"그래? 하지만…… 공주개미 님은 나에게 바로 벌을 내렸잖아? 그건 어떻게 된 거야?"

분명 공주개미는 별다른 절차 없이 서은이에게 곤충 탐정이 되라는 벌을 내렸기 때문이다.

"아, 그건! 공주개미 님이니까 가능한 거지! 흠흠."

지니가 당황한 목소리로 답했다. 말을 더듬는 태도에 수상한 낌새가 있다는 걸, 서은이는 미처 눈치채지 못했다. 서은이의 머릿속에 새로운 벌에 대한 두려움이 몽글몽글 피어올랐기 때문이다.

"새로운 벌은 곤충 탐정…… 이것보다 더 힘들까?"

"음, 이제까지는 곤충 탐정을 거부했던 아이가 없어서 잘 모르겠어. 하지만 아무래도 더 무거운 벌이 되겠지."

서은이는 다시 고민에 빠졌다. 더 무거운 벌이라면 지금보다 훨씬 어렵고 괴롭다는 의미일 텐데, 과연 그걸 감당할 수 있을지 걱정됐다. 하지만 이내 고개를 흔들어 걱정을 날려 버리고 결심을 굳혔다. 새로운 벌이 조금 두려웠지만 어제 마주한 미란이의 실망스러운 눈빛이 떠오르자 더 이상의 고민은 필요 없었다.

"차라리 새로운 벌을 받겠어. 아무리 생각해도 곤충 탐정은 더는 못 해!"

"앗, 서은아! 그래도……."

서은이네 아빠가 방문을 열고 등교를 재촉하는 바람에, 지니는 더 이상 말을 잇지 못했다. 지니를 방에 남겨 둔 채 서은이는 학교로 향했다.

2교시 수업 후 쉬는 시간, 서은이는 교무실 입구와 가까운 담임 선생님의 책상 앞에서 고개를 떨구고 서 있었다.

"신서은. 숙제를 왜 안 했어? 어제 무슨 일 있었어?"

"죄송해요, 깜빡……했어요."

어제 미란이네 집에서 돌아온 후, 곤충 탐정 일로 계속 고민하느라 숙제하는 것도 잊었다.

담임 선생님은 실망한 표정으로 물었다.

"서은이 요즘 왜 그러니? 수업 중에 가끔 한눈은 팔아도 숙제는 열심히 잘해 왔잖아?"

"잘못했어요, 선생님."

"집에 무슨 사정이 생긴 건 아니지?"

선생님의 목소리에 걱정이 묻어났다. 몇 년 전 서은이네 엄마가 교통사고로 돌아가시고 아빠와 둘만 살고 있다는 사실을 알고 언제나 더 마음을 써 주는 선생님이었다. 서은이도 그런 선생님의 마음이 느껴져서 더욱 죄송했다.

"아니에요, 별일 없어요. 진짜 제가 실수로 깜빡한 거예요. 앞으론 그러지 않을게요."

"그래, 혹시 다른 일 있으면 선생님한테 꼭 얘기하고. 알았지, 신서은?"

"네. 고맙습니다, 선생님."

서은이가 고개 숙여 인사하자, 선생님은 부드러운 손길로 서은이의 등을 토닥이며 교실로 돌아가도 좋다고 했다.

교무실 문으로 향하며 서은이는 자책감에 고개를 저었다. 학교 공부에서 다른 건 몰라도 숙제만큼은 빠짐없이 하기로 엄마와 약속했는데 그걸 잊어버리다니. 자신이 너무 한심하게 느껴졌다. 그리고 곤충 탐정을 계속하게 되면 이런 일이 자주 생길 수도 있겠다는 생각이 들었다. 마음 한구석은 조금 허전했어도 오늘 아침에 내린 결정이 잘한 일이라고 되새겼다.

"너 8반이었어?"

낯익은 목소리에 서은이가 고개를 들었다. 출석부를 든 미란이가 코앞에 서 있었다. 미란이는 서은이가 담임 선생님과 이야기 나누는 모습을 본 모양이었다.

"어……. 아, 안녕?"

서은이의 인사에 미란이는 어이없다는 표정을 짓더니, 바로 서은이의 손을 잡아끌며 교무실을 나왔다. 그러고는 인적이 드문 복도 모퉁이로 서은이를 데려가서 차가운 눈길로 뚫어지게 노려봤다.

서은이가 얼뜬 눈으로 눈치를 보자, 미란이는 차가운 표정에 더 차가운 목소리로 물었다.

"왜 그랬어? 꿀을 훔쳐서 도대체 뭘 하려고?"

"그건 정말 오해라니까? 상황이 이상해 보인다는 건 나도 인정해, 지난번에 말한 것처럼!"

"네가 벌집틀을 들고 있던 걸 내 눈으로 직접 봤는데도 계속 변명하는 거야?"

너무나 단호한 말투에 서은이는 할 말을 잃고 말았다. 미란이는 그럴 줄 알았다는 듯 말을 이었다.

"장난으로 그런 거라면 이제 그만해! 한 번만 더 꿀이 사라지면 바로 경찰에 신고할 거야! 그 꿀, 우리 할아버지가 얼마나 힘들게 모으신 줄 알아? 눈이 안 보여서 힘드신데도 나한테 문제집 하나라도 더 사 주시겠다고 열심히 벌을 치시는 거란 말이야!"

미란이는 울음이 터지려는 걸 입술을 깨물며 겨우 참아 냈다. 그러고는 서은이를 남겨 둔 채 재빨리 교실로 향했다.

'눈이…… 안 보이신다고?'

서은이가 멍하니 미란이의 말을 되뇌었다.

'그래서 벌집틀까지 망가진 게 더 힘드셨을 거야. 눈이 불편하신 분이 열심히 모은 꿀을 훔쳐 가는 나쁜 도둑들!'

서은이는 분노로 눈앞이 하얘졌지만 곧바로 정신을 차리고 계단을 오르던 미란이를 향해 외쳤다.

"세 번째, 아니 수요일! 수요일에 잘 지켜봐!"

미란이가 걸음을 멈추고 서은이를 내려다봤다. 하지만 이번에도 서은이의 말을 이해하지 못하겠다는 듯 얼굴을 찌푸린 채 고개를 젓고는 계단을 마저 올라가 버렸다.

서은이는 한숨을 크게 내쉬었다. 미란이에게 방금 말한 단서로 이번 일이 해결되면 좋으련만, 그게 쉽지 않을 거란 느낌 때문이었다.

6 다시, 결심하다

서은이가 힘없이 터덜터덜한 모습으로 등교했다. 지니를 마지막으로 본 게 벌써 사흘 전이었다. 지니가 보이지 않는 시간이 길어질수록, 서은이는 자신 때문에 지니가 괜한 곤란을 겪는 건 아닌지 걱정됐다.

'곤충 탐정이 되는 것 대신 받을 벌은 아직 결정이 안 되었을까?'

사실 그것도 걱정이지만, 미란이네 사정도 신경 쓰였다. 불안한 마음에 체하기라도 한 것처럼 가슴이 답답했다.

한숨을 쉬며 하늘을 올려다봤다. 오늘따라 유독 먼지로

뿌연 하늘은 황색빛을 띠었다. 파란 하늘에서 따온 '하늘색'이라는 이름이 시간이 더 흐르면 바뀌겠다는 생각이 들었다.

"환경 오염 때문에 나중엔 곤충들까지 살기 힘들어질지도 모르겠네……."

안타깝게 혼잣말을 중얼거리던 서은이의 눈빛이 갑자기 바뀌었다. 곧바로 방향을 돌려 학교가 아닌 집을 향해 뛰었다. 다시 집에 들렀다 가면 지각일 게 뻔했지만, 서은이는 아랑곳하지 않고 달리고 또 달렸다. 하늘을 가로지르며 서은이의 집으로 향하는 까맣고 빠른 물체가 수개미라고 확신했기 때문이다.

"수개미야! 너 온 거지? 어딨어?"

서은이는 집에 뛰어들자마자 소리쳐 물었다.

"왜 그렇게 호들갑이야? 너 지금 학교에 있어야 할 시간 아니야?"

서은이의 얼굴에 반가움이 퍼졌다. 당장 소리가 난 쪽을 돌아보니, 거실 한가운데 있는 텔레비전 위에 자리 잡은 수개미와 지니가 보였다.

　"지니, 너 어떻게 된 거야? 그동안 어디 있었어?"

　"어? 나야…… 곤충 재판소에 갔지."

　"아, 맞다. 새로운 판결과 벌……."

　서은이는 지니를 다시 만난 반가움에 재판에 대한 걱정을

잠시 잊고 있었음을 떠올렸다. 천천히 지니에게로 다가가 두려움이 깃들어 떨리는 목소리로 물었다.

"어……떻게 됐어? 내가 받을 새로운 벌은 뭐야?"

"그게, 아직 판결이 안 나왔어. 난 그냥 어떻게 된 일인지 설명만 하고 왔거든. 좀 더 기다려야 할 거야."

지니가 잘못이라도 저지른 듯 눈을 피하며 조심스럽게 답했다.

"그렇구나……."

매도 먼저 맞는 게 낫다는데, 결과가 나오기까지 시간이 더 걸린다는 말에 서은이는 심장이 덜컥 내려앉는 듯했다.

"근데 신서은, 너 학교 안 가?"

"아, 맞다! 학교!"

지니의 말에 서은이가 퍼뜩 정신을 차리고 현관으로 가 신발을 다시 신었다. 그런데 수개미가 쫓아오더니 서은이 어깨 위에 지니를 내려 주고는 밖으로 날아갔다.

"어, 수개미는 어디 가는 거야?"

"쟤는 다른 임무가 있어서 지금은 가야 해. 나는 그동안 딱히 할 일이 없어서 널 따라가 볼까 해. 인간 학교는 어떤지 구경이나 좀 해 보게."

"정말? 나는 좋아!"

큰 소리로 답한 서은이는 지니가 좀 더 안정적으로 붙어 있을 수 있게 귓바퀴로 위치를 옮겨 주었다.

서은이는 지니와 함께 학교에 가게 되어서 무척 신났다. 그래서 계속 뛰어도 전혀 힘들지 않았다. 새로 벌받는 건 피할 수 없으니, 차라리 곤충 재판소 판결이 더 늦게 나와서 지니와 어울릴 수 있는 시간이 길어지기를 바랐다.

학교에 거의 다다른 서은이가 달리기를 멈추고 걸으며 숨을 고르는데, 지니가 갑자기 소리쳤다.

"어랏, 저기 미란이잖아? 근데 다쳤나 봐!"

"뭐?"

서은이도 놀라 교문 쪽을 봤다. 미란이가 친구들과 함께 문을 넘어서고 있는데 한쪽 팔에 붕대를 감고 있었다. 깁스는 아니었지만 부목을 댄 것으로 보아 가벼운 부상은 아닌 것 같았다.

지니가 걱정스럽게 혼잣말처럼 물었다.

"어떻게 된 거지? 사고가 난 걸까?"

서은이는 차마 대답하지 못했다. 어쩌면 자신이 한 말 때문에 미란이가 다친 걸지도 몰랐다.

어제가 바로 도둑들이 나타난다고 했던 세 번째 날, 수요일이었다.

점심시간이 되었지만 서은이는 밥을 먹지 않았다. 반 아이들에게는 어제 저녁을 먹다가 체해서 못 먹겠다고 둘러대고는 운동장 등나무 아래에 앉아 지니와 상의했다.

"분명해. 미란이는 내가 수요일을 조심하라고 말한 거 때문에 도둑을 막으려다 다쳤을 거야."

"설마. 아무리 그래도 미란이가 나서서 도둑들과 싸우기라도 했겠어?"

"근데 미란이가 저 정도로 다쳤으면, 미란이네 할아버지도 다치신 거 아닐까? 눈도 안 보이신다고 했는데……."

서은이가 쓸쓸한 표정으로 말하자 지니가 맞장구쳤다.

"맞아, 어떻게 알았어? 그래서 다른 일은 못 하시고 벌치기만 하시는 거래. 예전에도 하셔서 익숙한 일이라."

"그랬구나. 하아, 진짜 도둑들 못됐……."

그때 뒤에서 목소리가 들렸다.

"뭐라고 중얼대는 거야?"

서은이는 누구인지 예상이 되어서 천천히 고개를 돌려 확인했다. 역시 미란이었다.

미란이가 비꼬는 투로 물었다.

"누구와 얘기하는 거야? 여긴 꿀벌도 없는데."

미란이와는 왜 매번 난감한 상황에서 마주치게 되는 건지, 서은이는 알다가도 모를 일이었다.

"아……. 이번엔 그냥 혼잣말. 하, 하, 하."

서은이는 어색하게 웃는 자신이 멍청하게 느껴졌지만 어쩔 수 없었다. 미란이는 한심하다는 표정으로 고개를 흔들더니 담담하게 물었다.

"네 이름, 서은이지? 신서은."

"어? 어, 맞아……. 넌 미란이지?"

미란이는 작게 고개를 끄덕여 맞다는 표시를 하고는 서은이 옆에 앉았다.

서은이는 미란이의 거침없는 행동에 당황해 옆으로 물러서다가 붕대가 감긴 미란이 팔에 시선이 멈췄다. 곤충 탐정 역할을 잘 해냈다면 막을 수 있는 부상이었기에 속이 상해 얼굴이 찌푸려졌다.

갑자기 미란이가 차가운 목소리로 물었다.

"서은이, 너. 그 도둑들하고 정확히 어떤 사이야?"

"난 그 사람들이랑 아무 상관 없어! 진짜야!"

서은이는 자리에서 벌떡 일어나며 양손을 좌우로 흔들어 댔다.

"그러면 그 사람들이 수요일에 꿀을 훔치러 오는 걸 어떻게 안 건데?"

서은이를 노려보는 미란이의 눈빛이 매서웠다. 서은이는 무슨 말을 어떻게 해야 할지 감을 잡을 수 없지만 일단 입을 뗐다.

"그, 그건…… 설명하려면 할 수 있는데, 그게 설명해도 아마 넌 못 믿을 거라서. 사실은 나도……."

미란이가 벌떡 일어나서 소리를 질렀다.

"거짓말 그만해! 너도 그 도둑들하고 한패 맞잖아! 할아버지까지 다쳐서 입원하셨는데, 내가 네 거짓말을 언제까지 참아 줘야 해?"

서은이가 멍한 표정으로 느리게 되물었다.

"할아버지가…… 다치셨다고?"

"그래! 어제 그 도둑들 잡으려다 넘어져서 다치셨어! 이젠 꿀이 문제가 아니라, 할아버지가 자리에서 못 일어나실지도 모른다고!"

미란이는 결국 울음을 터뜨리고 말았다. 서은이도 미란이의 아픈 마음이 느껴져 울상이 되었다.

"미안해. 내가 해결했으면 그런 일이 벌어지지 않았을 텐데. 정말 미안해……."

서은이가 사과하며 다가섰지만, 미란이는 붕대를 감지 않은 손으로 눈물을 야무지게 닦더니 말했다.

"그러니까 당장 그 도둑들이 누군지 말해! 경찰에 신고할 거야!"

"어? 나, 난 정말 몰라⋯⋯."

"거짓말 마! 내일까지 안 알려 주면 그 대신 널 신고할 거야. 진심이야."

"뭐? 아니, 미란아!"

미란이는 대꾸도 없이 그대로 자리를 떠나 버렸다. 정말로 서은이가 도둑들과 관계있다고 굳게 믿는 것 같았다.

서은이는 한숨을 쉬며 의자에 털썩 주저앉았다. 미란이네 할아버지가 다친 게 정말 자기 잘못 같아 죄책감을 느꼈다. 죄송한 마음에 눈가에 눈물이 맺혔다. 하지만 지니에게 약한 모습을 보이기 싫어 재빨리 손등으로 눈물을 훔치고서 말했다.

"할아버지까지 다치시다니. 지니야, 난 이제 어떻게 해야 하지?"

"글쎄, 네가 결정해. 곤충 재판소 결과가 나오기 전까지는 아직 기회가 있으니까."

"하지만 난 그 도둑들이 누군지, 어디 사는지도 모르잖아. 그걸 알아낸다고 해도 증거가 없고……. 이러다간 정말로 미란이가 날 도둑으로 신고해서 잡혀갈지도 몰라!"

지니가 조금 뜸을 들이다 말했다.

"음, 사실은 말야……. 네가 다시 곤충 탐정을 한다고 할 수도 있을 것 같아서, 어제 도둑들이 침입했을 때 벌들에게 냄새를 맡아 두라고 했어."

"뭐, 벌이 냄새를? 개처럼 말이야?"

"응, 맞아. 벌도 개처럼 냄새를 추적할 수 있거든! 벌들이 아침에 도둑들 냄새를 쫓아 집을 확인해 놨어. 그리고 조금 전에는 도둑들을 감시하도록 수개미가 초롱이를 붙여 두러 갔어. 아, 초롱이는 나와 같은 진디인데…….."

"그게 정말이야?"

서은이가 한껏 밝아진 얼굴로 외쳤다. 벌이 사냥개처럼 냄새로 추적할 수 있다는 사실도 놀랍고, 그걸로 자신이 누명을 벗는 것은 물론이고 미란이와 미란이네 할아버지까지 도울 수 있게 된 것이다.

"와, 지니야! 정말 대단해! 어떻게 그런 생각을 다 했어?"

"네가 다시 할 거라고 너희……. 아, 아니 그게 아니라. 서은이 넌 책임감이 강하잖아? 그래서 꼭 다시 하겠다고 할 것 같았거든! 헤헤."

서은이는 자신을 믿어 준 지니가 고마웠다. 역시 지니는 좋은 친구였다.

그때 수개미가 날아왔다. 너무 빠르게 날아온 탓인지, 의자에 내려앉을 때 쭉 미끄러지다 겨우 멈춰 서서 숨도 돌리지 못하고 다급하게 외쳤다.

"크, 큰일입니다! 도둑들이 오늘 마지막으로 벌통을 통째로 가져간답니다!"

"뭐라고?"

"뭐?"

서은이와 지니가 동시에 소리쳤다. 그동안 꿀을 훔친 것만도 괘씸한데 벌통째 가져갈 계획까지 세우다니, 전혀 예상치 못한 상황이었다.

"방금 초롱이에게 듣고 오는 길입니다. 분명히 그렇게 이야기했다고 합니다!"

"안 되겠다. 경찰서에 당장 가서 신고해야겠어!"

서은이가 곧장 운동장을 가로질러 달렸다. 지니는 서은이의 귓바퀴에서 떨어지지 않기 위해서 몸을 밀착했고 수개미는 날개에서 소리 날 정도로 빠르게 움직이며 서은이를 쫓았다.

서은이는 달리면서도 수개미에게 확인이 필요한 사항을

물었다.

"너는 그 도둑들 집이 어딘지 이미 확인한 거지? 나에게 알려 줄 수 있지?"

"물론입니다, 곤충 탐정!"

수개미의 다부진 대답에 더욱 힘을 얻은 서은이는 학교 앞 파출소를 향해 더욱 속도를 높였다.

마침내 파출소에 도착한 서은이가 앞문을 힘차게 열어젖히며 다급히 외쳤다.

"도둑이에요! 도둑 잡아 주세요!"

"뭐? 너희 집에 도둑이 들었니?"

칸막이 안쪽 자리에 있던 경찰 아줌마가 벌떡 일어났다.

"아, 저희 집이 아니라 제 친구네 집이요! 어제요, 아니 원래는 벌써 여러 번인데 그게, 후우……."

서은이는 크게 심호흡한 후 차분하게 말해 보려고 했지만 마음이 급해서인지 또다시 빠르게 말이 쏟아져 나왔다.

"제가 그 도둑들 집을 알아요! 그러니까 지금 가서 체포해 주세요, 네? 그냥 두면 오늘 또 도둑질할……."

"그게 무슨 말이냐? 넌 그걸 어떻게 아는데?"

문 옆 정수기에서 물을 마시던 경찰 아저씨가 서은이의 말을 자르며 물었다. 하지만 서은이가 대답을 생각하느라 우물쭈물하는 사이, 경찰 아줌마가 모자를 챙겨 쓰며 칸막이 안쪽에서 나왔다.

"김 순경, 애한테 그런 식으로 말하면 겁먹잖아. 장난은 아닌 것 같으니까 우선 가 보자고!"

경찰 아줌마 말에 경찰 아저씨가 못마땅한 얼굴로 따라나섰다. 서은이는 이 기회를 놓칠 수 없다는 판단에 재빨리 경찰 아줌마 뒤로 따라붙었다. 이내 앞장서 걷는 서은이의 얼굴에 안도의 빛이 퍼졌다. 이렇게 해결할 수 있다면 모든 게 잘 마무리될 것 같았다. 미란이가 벌꿀을 되찾아 할아버지와 함께 웃고 있는 모습을 상상하자, 서은이의 가슴에 행복한 기운이 차올랐다.

"얘야, 그런데 네 이름이 어떻게 되니?"

옆에서 걷던 경찰 아줌마가 다정하게 물었다.

"저는 곤충…… 아, 아니고 그냥 서은이에요. 신서은이에요."

흥분해서 '곤충 탐정 신서은'이라고 말할 뻔했지만 다행히 정신을 차렸다. 경찰 아줌마는 고개를 살짝 갸우뚱하고는 금세 웃음을 띠고 말했다.

"예쁜 이름이네. 그런데 어떻게 된 일인지 좀 더 자세히 설명해 줄래?"

서은이는 자신을 도둑들의 집으로 이끄는 수개미를 경찰 아줌마가 눈치채지 못하게 힐끔거리며, 파출소로 달려오면서 머릿속에서 정리해 둔 이야기를 술술 풀어내기 시작했다. 물론 곤충 탐정과 관련된 이야기는 살포시 뺐다.

미란이네 할아버지가 다치신 부분까지 설명하고 보니, 수개미가 골목길 안쪽 어느 집 대문에 내려앉은 게 보였다. 그곳이 도둑들의 집이라는 의미였다.

서은이가 손을 뻗어 대문을 가리키며 자신 있게 말했다.

"바로 여기예요."

"그래?"

경찰 아저씨는 여전히 미심쩍다는 표정이었지만 별말 없이 초인종을 눌렀다. 그런데 아무런 답도 기척도 들리지 않았다. 경찰 아줌마가 다가가 대문을 살짝 밀자, 문이 스르륵 열렸다.

"문이 잠기지 않았네? 아무도 안 계십니까, 경찰입니다."

경찰 아줌마와 아저씨가 대문 안으로 들어서자, 서은이도 바짝 뒤따랐다. 작은 마당이 있는 집은 쥐 죽은 듯 조용했다. 경찰 아저씨는 아줌마 몰래 서은이에게 무서운 표정과 함께 속삭였다.

"네가 다급한 것 같아서 따라나서긴 했지만, 만약 장난인 거면 이 아저씨가 혼쭐내 줄 거다?"

"아니에요, 정말이에요! 여기 도둑들 집 맞아요! 그동안 훔친 꿀이 어디 있을 텐데……."

서은이는 서둘러 답한 후 마당 이곳저곳을 기웃거렸다. 하지만 벌꿀을 모아 둔 단지 같은 건 보이지 않았다. 그때 갑자기 뒤에서 대문이 열리면서 삐쩍 마른 남자가 들어서다 외쳤다.

"누구? 헉! 겨, 경찰!"

"죄송합니다. 문이 열려 있어서 안에 계신 줄 알고 들어왔습니다. 실은 신고가 들어와서……."

경찰 아줌마가 정중히 설명하는데, 마른 남자를 따라 들어오던 키 작은 남자가 놀라며 물었다.

"어, 무슨 신고요? 넌 누군데!"

남자가 무서운 눈으로 노려보자, 서은이가 경찰 아줌마 뒤로 몸을 숨겼다. 경찰 아저씨가 남자들에게 서은이에게 들은 것을 간단히 설명하자, 삐쩍 마른 남자의 얼굴이 새하얗게 질렸다.

하지만 키 작은 남자는 화를 버럭 내며 목소리를 높였다.

"뭐요? 경찰이라는 사람들이 어린애 말만 듣고 우리 같은 선량한 사람을 도둑으로 모는 겁니까? 참 나, 어이가 없어서! 증거 있소? 증거 있냐고!"

서은이가 앞으로 나서며 대신 반박했다.

"벌꿀이 집 안 어딘가에 있을 거예요! 이 사람들이 분명히 훔쳤어요!"

"허! 도대체 벌꿀이 어딨다는 거야? 네가 봤냐, 봤어? 맹랑한 녀석 같으니라고!"

키 작은 남자는 허리춤에 양손을 올리고 가슴까지 앞으로 내밀며 우겼다.

그 순간 서은이는 무언가 잘못됐다는 걸 직감했다. 하지만 수개미가 틀린 장소로 데려왔을 리가 없으니, 어떻게 도둑들이 이렇게 당당할 수 있는지 이해가 되지 않았다.

그때 어디선가 속삭이는 소리가 들렸다. 마른 남자 몸에 붙어 있던 초롱이의 목소리였다. 너무 작아서 서은이에게는 들리지 않았지만, 지니가 용케 듣고는 작은 신음을 냈다.

서은이가 입술을 최대한 움직이지 않은 채 소곤거렸다.

"왜 그래? 무슨 일이야?"

"어휴, 그게…… 꿀은 이제 여기에 없대."

"뭐어?"

서은이는 놀라서 그만 큰 소리를 내고 말았다. 경찰과 도둑들이 고개를 휙 돌려 쳐다봤다. 무슨 일인지 묻는 듯한 눈빛에 서은이가 기어드는 목소리로 말했다.

"저기, 꿀은 이제 여기에 없고요……."

"뭐라고? 갑자기 그게 무슨 말이야? 아까랑 말이 다르잖아!"

경찰 아저씨가 인상을 쓰며 물었다. 그 순간 서은이의 눈이 질끈 감기고 머리카락이 쭈뼛 섰다.

지니가 재빨리 속삭였다.

"꿀은 도둑들 가게에 있대!"

"꾸, 꿀은 저 사람들 가게에 있어요!"

서은이가 다시 용기를 내서 손가락으로 남자들을 가리키며 말했다. 그 순간 남자들의 얼굴색이 창백해졌다.

하지만 키 작은 남자는 재빨리 마른세수를 하고는 다시 윽박질렀다.

"요 맹랑한 녀석이 이제는 아무 소리나 막 하네? 이보쇼, 경찰 양반들! 저런 거짓말쟁이 아이 말을 계속 믿을 거요, 어?"

"그, 그래요! 우린 열심히 일하며 살아가는 착한 사람들이

라고요!"

삐쩍 마른 남자도 키 작은 남자를 거들고 나섰다.

경찰 아줌마가 가만히 서은이를 바라봤다. 보아하니 서은이를 믿지 못하는 표정이었다. 서은이는 조금 전 초롱이가 전해 준 말을 더하면 설득할 수 있을 것 같아서 급하게 덧붙였다.

"이번엔 진짜예요! 저 사람들 가게를 확인해 보세요! 보양 식품을 파는 곳인데, 꿀은 거기에 옮겨 두었다고 초롱이가……."

서은이가 실수를 깨닫고 양손으로 입을 틀어막았다. 경찰 아줌마는 새로운 이름이 등장하자 바로 물었다.

"초롱이? 그건 또 누구니?"

"그, 그게……."

서은이가 우물거리자, 경찰 아저씨는 결국 서은이의 팔을 잡아끌며 남자들에게 말했다.

"불편을 드려 죄송합니다. 저희는 이만 가 보겠습니다."

경찰 아줌마도 남자들에게 사과하고 대문을 나섰다.

"이번엔 정말이라니까요. 제발 저 사람들 가게를 조사해
보시라니까요!"

여전히 한쪽 팔을 경찰 아저씨에게 잡힌 서은이가 사정했
지만, 경찰 아저씨는 잔뜩 화만 낼 뿐이었다.

"진짜 중요한 일도 처리하기 바쁜 경찰에게 장난을 쳐? 학교에서 이러면 혼난다고 배웠을 텐데!"

"장난 아니란 말이에요! 아니, 경찰이면 나쁜 사람들을 잡아야지 왜 저한테 화를 내요?"

답답하고 억울한 마음에 서은이는 경찰 아저씨를 향해 목청껏 소리쳤다. 경찰 아저씨는 발끈해서 눈을 부라렸다.

"이 녀석이 보자 보자 하니까, 거짓말한 것도 모자라서 감히 어른한테!"

"김 순경, 자네 말대로 바쁜 우리가 어린애하고 이럴 시간이 어딨어? 그만하고 가지."

경찰 아줌마가 차분한 말로 경찰 아저씨를 말렸다. 하지만 경찰 아저씨는 영 분이 풀리지 않는 듯 숨을 한참 몰아쉬더니, 결국 먼저 자리를 떠 버렸다.

경찰 아줌마가 한쪽 무릎을 바닥에 댄 채 서은이와 눈을 맞추고 말했다.

"서은이라고 했지? 서은아, 경찰은 범죄 저지른 사람을 잡는 것만으로도 몹시 바빠. 그러니까 다음부턴 이런 장난

하면 안 돼. 이번 한 번만 용서해 주는 거야, 알겠지?"

경찰 아줌마도 그 말만 남기고 파출소로 돌아가 버렸다.

홀로 남은 서은이는 경찰 아줌마의 쓸쓸한 목소리가 귓가에 계속 맴돌아 마음이 무거웠다. 하지만 도둑들의 가게를 한 번만 확인해 보면 될 텐데 그대로 가 버린 경찰들이 원망스럽기도 했다.

'하필이면 오늘 꿀을 옮겨 두다니! 나쁜 도둑들에게 왜 그런 운이 따르는 거야?'

화가 난 마음을 어쩌지 못한 서은이가 발로 바닥을 마구 구르다 바닥에 털썩 주저앉았다. 이내 벌러덩 드러누워 하늘만 멍하니 바라봤다. 서은이의 마음을 이해하는지, 지니와 수개미도 한동안 말없이 조용했다.

그렇게 한참 시간이 흐른 뒤, 서은이가 갑자기 몸을 일으켜 앉으며 결의에 찬 목소리로 중얼거렸다.

"이제 진짜 어쩔 수 없네. 우리가 해결해야겠어."

"어? 어떻게?"

지니가 물었지만, 서은이는 별다른 설명 없이 자리에서

일어서더니 걸음을 떼며 외쳤다.

"가자!"

어리둥절해하던 지니의 얼굴이 곧 기대감으로 밝아졌다. 수개미도 신난 듯 잽싸게 날아올라 미란이네로 향하는 서은이를 뒤따랐다.

8 도둑을 잡을 완벽한 작전

　도둑들은 대문 뒤에 숨어서 서은이와 경찰이 떠나는 모습을 확인했다. 모두 완전히 사라지자 두 사람은 허겁지겁 집 안으로 들어갔다.

　키 작은 남자가 심통 난 표정으로 중얼거렸다.

　"저 여자애는 어떻게 알고 신고한 거지?"

　삐쩍 마른 남자는 잔뜩 겁에 질린 듯 목소리를 떨었다.

　"어, 어떡하지? 우리 이러면 잡히는 거 아니야? 정말로 가게까지 찾아오면?"

　"쓸데없는 소리! 쟤가 어떻게 알았는지는 모르겠지만, 아까 못 봤어? 경찰은 이제 여자애 말은 안 믿을 거야. 게다가 우리 가게에서 꿀을 발견한다고 해도, 그 영감네 꿀인지 옆집 할멈네 꿀인지 어떻게 알겠어?"

"하긴…… 그래. 그러면 이제 가만있어야겠다, 그렇지?

오늘 밤에 마저 털기로 한 것도 하면 안 되겠다, 맞지?"

"답답하기는, 오히려 지금이 기회지! 경찰이 집까지 찾아왔는데 우리가 겁 없이 또 훔칠 거라고 누가 생각이나 하겠어? 오늘 한탕 하는 게 사실 더 안전한 거라고!"

"그, 그런가? 그럼 더 잘됐네, 잘됐어. 하하하!"

도둑들은 서은이의 결심은 생각지도 못한 채 벌통째 훔치려는 계획을 강행하기로 했다.

서은이가 어깨를 축 늘어뜨린 채 미란이네 마당으로 들어섰다. 막 외출하려는 듯 툇마루에서 신발을 신던 미란이가 서은이를 발견하고 물었다.

"신서은, 너 우리 집에 왜 또 온 거야? 아까 너희 담임 선생님은 너 없어졌다고 반마다 물으러 다니시던데."

"어?"

서은이는 그제야 자신이 도둑들을 잡겠다는 생각에 수업이 끝나기도 전에 파출소로 달려갔다는 걸 깨달았다. 이제 담임 선생님에게까지 이번 사건을 설명해야 한다고 생각하니 눈앞이 캄캄했다.

'아, 자꾸 왜 이러는 거지.'

서은이는 한심하다는 생각에 자책했지만, 지금 당장 해결해야 할 사건이 눈앞에 있었다. 미란이와 미란이네 할아버지 그리고 열심히 꿀을 모은 벌들을 위해 걱정은 잠시 접어 두기로 했다. 지금 자신은 '곤충 탐정 신서은'이니까 이름값을 해야 한다고 생각했다.

마음을 다잡은 서은이가 물었다.

"미란이 넌 지금 어디 가는 거야? 할아버지 병원?"

"그건 왜 물어? 그사이에 또 우리 꿀 훔쳐 가려고?"

금세 경계의 눈빛을 띤 미란이에게 서은이는 억울한 마음이 들었지만 마음을 가라앉히고 다시 차분하게 말했다.

"넌 믿지 않겠지만, 난 오늘 진짜 도둑들을 잡을 거야. 그러니까 오늘 밤은 집을 비워 줘. 넌 할아버지가 계신 병원에 머무르는 게 안전할 것 같아."

"뭐?"

미란이가 놀란 얼굴로 되물었다. 서은이를 믿어야 할지

말지 고민하는 표정이었다. 결국 눈살을 찌푸리곤 고개를 가로저었다.

"그럴 순 없어. 솔직히, 내가 널 어떻게 믿겠어? 나한테 넌 여전히 우리 꿀을 훔친 도둑……."

"그럼 날 경찰에 신고해!"

미란이의 말을 자르며 서은이가 외쳤다. 결연한 서은이의 목소리와 눈빛에 미란이의 눈이 동그랗게 커졌다. 서은이는 침을 꼴깍 삼킨 후 미란이에게로 한 발짝 나아가더니, 눈을 똑바로 바라보며 말했다.

"만약 내가 오늘 실패하면, 경찰에 내가 도둑이라고 신고해도 좋아. 그러니까 제발 마지막으로 한 번만 나를 믿어 줘. 오늘 밤만 시간을 줘."

서은이와 눈을 맞춘 채 한참 생각에 잠겼던 미란이가 마침내 한숨을 내쉬었다.

"후……. 좋아, 그렇게까지 말한다면 기회를 줄게. 하지만 정말 이게 마지막이야."

서은이는 함박웃음을 지으며 고개를 여러 번 끄덕였다.

미란이는 말은 그렇게 했어도 막상 내키지 않는 듯 대문으로 향하는 발걸음이 무거웠다. 그런데 서은이가 뭔가 떠오른 듯 다급히 미란이를 불렀다.

"아, 참! 미란아!"

미란이가 멀뚱한 눈빛으로 돌아보자, 서은이는 머뭇거리다가 더듬더듬 이야기했다.

"음, 그리고 진짜 미안한데…… 부탁 하나만 들어줄래? 내가 이번 일을 잘 해결하면 나중에 우리 담임 선생님께 오늘 수업 끝나기 전에 사라졌던 거, 네가 대신 말 좀 해 주면 안 될까? 넌 공부도 잘하고 똑똑하니까 선생님이 네 말은 잘 믿어 주시잖아. 최근에 혼난 일이 많아서 내가 설명하면 거짓말이라고 생각하실지도 몰라서……."

"생각해 볼게."

미란이는 무뚝뚝하게 답하고 바로 대문을 나섰다. 미란이의 반응을 보니, 이번 사건을 잘 해결한다고 해도 미란이와 친구가 되는 건 물 건너간 것 같았다. 곤충 이야기를 함께 할 친구 하나를 잃은 것 같아서 기분이 쓸쓸했다.

서은이가 휴대전화를 꺼내 아빠에게 전화를 걸었다. 선생님이 오후에 수업을 빠진 일로 연락했을 수도 있고 오늘 집에 늦으면 걱정할까 싶었다. 하지만 아빠도 바쁜지 전화는 연결되지 않았다. 문자라도 남겨야겠다는 생각에 앱을 열었다. 고민하며 여러 번 내용을 고치다가, 결국에는 친구 집에서 놀다가 좀 늦을 것 같다는 내용으로 보냈다.

미란이네 집에 곤충 친구들과 함께 있으니, 아예 거짓말은 아니었다.

미란이네 집 마당에 석양이 천천히 깔렸다.

서은이는 미란이 방에서 휴대전화로 곤충 관련 다큐멘터리 영상을 보고 있었다. 지니는 툇마루에서 망을 보다가 수개미가 날아와 무언가를 말하자 서은이에게 전달했다.

"곤충 탐정! 방금 수개미가 확인했는데, 도둑들이 오늘 벌통 털기로 한 계획을 바꾸지 않았대!"

"역시 나쁜 사람들이네. 그렇다면……."

서은이가 미란이 필통에서 펜을 하나 꺼냈다. 옆에 있던

메모지도 한 장 뜯더니 거기에 무언가를 빠르게 썼다. 그러
고는 네모난 모양으로 작게 접어 수개미에게 내밀었다.

"수개미야, 이걸 도둑들에게 전해 줘."

"이게 뭔데?"

지니가 호기심 가득한 말투로 물었다.

"경고장이야. 잘못을 저지르지 않을 마지막 기회를 주려고. 도둑질을 포기한다면 용서해 주겠지만, 기어코 오겠다면 벌을 받게 될 거라고 썼어."

언젠가 탐정 만화 영화에서 본 상황을 떠올려 작성한 거였다. 지니가 신난 목소리로 외쳤다.

"우아, 경고장? 멋지다! 이런 거 쓰는 거, 네가 처음이야."

"그래?"

서은이는 지니의 말에 기분이 으쓱해졌다. 수개미는 즉시 서은이의 손에서 경고장을 낚아채 빠르게 날아올랐다. 수개미가 공중으로 사라지는 걸 지켜보던 서은이가 자리에서 일어섰다.

"그럼 지금부터 도둑 소탕 작전을 짜 볼까?"

"좋아!"

서은이는 바로 지니를 어깨에 얹고 마당으로 내려갔다. 흙바닥에 나뭇가지를 연필 삼아 집과 마당의 구조를 그리고는, 심각한 표정으로 구조도에서 대문 바깥쪽을 나뭇가지로 가리키며 말했다.

"여기에 함정을 파면 좋겠는데, 그건 누가 하면 좋을까? 개미보다 강력하고 빠른 곤충이 있지 않아? 유튜브에서 본 적 있는데 이름이 뭐더라? 개미 어쩌고였는데⋯⋯."

"아, 혹시 개미귀신 이야기하는 거야?"

"그래, 그거 맞아! 걔네가 함정 파는 덴 제일 선수지?"

"응, 개미귀신은 명주잠자리의 애벌레를 부르는 말인데, 얘들이 제일 잘하는 게 바로 함정 파는 일이거든. 개미귀신이라는 이름도 함정을 파서 개미를 잡아먹어 생긴 이름이야."

서은이가 깜짝 놀라서 되물었다.

"뭐, 개미를 잡아먹는다고? 그래도 괜찮은 거야?"

서은이를 곤충 탐정으로 임명한 게 바로 공주개미인데, 개미를 잡아먹는 곤충이라면 개미의 천적이기 때문이다.

"지난번에 무당벌레, 우욱! 얘기할 때도 내가 말했지만 곤충 세계에선 서로 먹고 먹히는 관계가 많고 많아."

지니는 이번에도 무당벌레를 언급할 때 눈을 질끈 감고

몸을 떨면서 말을 이었다.

"만약 그 고리가 끊어진다면 한쪽이 멸종해 버릴지도 몰라. 개미를 먹을 수 없다면 개미귀신은 다 죽어 버릴 거잖아. 그러면 명주잠자리는 곤충 세계에서 영원히 사라지게 될 거고. 그래서 우리는 그 관계를 깨지 않으면서 각자의 영역에서 살아가는 거야."

"그래……. 네가 지난번에도 설명했지."

서은이는 고개를 끄덕였지만 얼굴에는 씁쓸한 표정이 떠올랐다. 지니는 서은이의 기분이 가라앉으려는 걸 막으려는 듯 바로 물었다.

"개미귀신한테 미리 함정을 파 놓으라고 할까?"

"아니. 그러면 도둑들이 들어올 때 보게 될 거야. 그러니까 도둑들이 집 안으로 들어온 후에 파기 시작해야 하는데, 과연 짧은 시간에 필요한 깊이만큼 구덩이를 팔 수 있을지가 문제일 것 같아. 도둑들이 못 빠져나올 정도의 깊이가 되려면 그 사람들 키의 두 배는 되어야 할 테니까."

"그래? 흠……. 좋은 생각이 떠올랐어! 나한테 맡겨 줘!"

"정말? 방법이 있어?"

"물론이야! 나중에 보면 알 거야. 킥킥킥."

지니가 믿음직스럽게 답하자, 서은이는 금세 다음 작전 구상에 돌입했다.

"그러면 다음으로 도둑들이 벌통을 가져가지 못하게 막을 곤충이 필요한데, 그건 벌들이 할 수 있겠지? 벌침을 마구 쏘아 대면 되잖아?"

"에이, 벌이 그럴 수 있었다면 애초에 꿀도 못 훔치게 막았지! 도둑들은 아주 두꺼워서 벌침이 뚫을 수 없는 옷을 입고 온대. 게다가 촘촘한 그물망까지 뒤집어써서 벌들이 공격할 수가 없댔어."

"그러면 어떻게 하면 좋을까?"

지니가 함정을 완성하는 아이디어를 냈으니, 이번 아이디어는 서은이 자신이 꼭 내고 싶었다.

침묵 속에서 한참을 고심하던 서은이가 손뼉을 짝 치며 외쳤다.

"도둑들이 그 옷을 입기 전에 미리 몸에 붙어 있는 건 어때? 초롱이나 너처럼 말이야!"

"어? 그것도 좋은 방법이긴 하지만, 진디는 딱히 인간을 괴롭힐 방법이 없고, 벌들은 덩치가 커서 시작도 하기 전에 들통날 텐데?"

"당연히 좀 더 작고 잡기도 힘들면서…… 하지만 도둑들을 견딜 수 없게 할 그런 곤충이 필요……."

"벼룩!"

지니가 서은이의 설명에 맞춰 떠올린 곤충을 외쳤다. 이제 둘은 손발이 척척 맞았다.

서은이가 벌떡 일어나며 신난 목소리로 맞장구쳤다.

"좋았어! 어서 벼룩들을 도둑들 몸에 붙여 놔 줘. 하지만 내가 신호하기 전까지는 절대 피를 빨면 안 된다고 당부해!"

"알았어! 지루지루!"

지니는 그새 경고장 배달을 마치고 돌아온 수개미를 불러 올라탔다. 서은이는 의기양양한 표정으로 지니와 수개미가 임무를 위해 떠나는 모습을 지켜봤다.

곤충 탐정과 곤충 친구들은 도둑들을 혼쭐낼 완벽한 작전을 준비한 것이다.

9 작전 성공!

미란이네 집 뒷마당에 서서히 어둠이 깔렸다. 서은이는 지니의 단물을 마시고 작아진 상태라 도둑들에게 들킬 염려는 없었지만, 그래도 만일을 대비해 지니와 함께 벌통에 몸을 숨긴 채 숨죽이고 있었다.

지니가 공중에서 망을 보던 수개미에게 물었다.

"도둑들이 정말 올 것 같아?"

수개미가 감시를 늦추지 않고 답했다.

"올 겁니다! 경고장을 읽자마자 찢어 버리더니 오늘 꼭 털러 가겠다고 큰소리쳤습니다!"

서은이는 긴장 때문인지 굳은 표정으로 말이 없었다. 그 모습을 본 지니가 다정하게 말을 건넸다.

　"걱정 마, 잘될 거야. 서은이 너, 처음치곤 꽤 잘 준비했다고!"

　서은이는 용기를 주려는 지니가 고마워서 어색한 웃음이라도 지으려고 하는데, 수개미가 가까이 날아와 외쳤다.

　"'굴러가는 네 바퀴' 소리가 납니다! 도둑들이 왔나 봅니다!"

　서은이는 무슨 말인가 싶어 귀를 기울였다. 자동차 엔진 소리였다. 곤충은 자동차를 '굴러가는 네 바퀴'라고 부르는 모양이었다. 서은이가 침을 꿀꺽 삼키고는 고개를 빼 대문 쪽을 바라봤다.

　잠시 후, 키 작은 남자가 어둠 속에서 모습을 드러내더니 겁도 없이 크게 소리쳤다.

　"봐, 아무도 없잖아! 손녀 애가 병원에 들어가는 걸 확인했으니까 시간도 넉넉하다고! 계획대로 오늘 다 해치울 수 있어. 하하핫!"

"이, 이봐. 그래도 혹시 모르니까 조용히 하는 게 좋지 않을까? 호, 혹시 모르니까!"

뒤따라 나타난 삐쩍 마른 남자가 잔뜩 겁먹은 얼굴로 이리저리 빠르게 고개를 돌려 주위를 살폈다. 도둑들은 지니 말대로 두꺼워 보이는 작업복 위에 촘촘한 그물망까지 뒤집어쓰고 있었다.

서은이가 눈을 반짝이며 속삭였다.

"지니, 지금이야! 개미귀신들, 작전 시작!"

"좋았어!"

지니의 대답과 동시에, 수개미가 서은이 곁을 스치듯 지나며 지니를 들고 밖으로 날아갔다.

도둑들은 저벅저벅 벌통 쪽으로 다가왔다. 삐쩍 마른 남자는 벌벌 떨면서 앞장서 걷는 키 작은 남자에게 말했다.

"그, 그런데 말이야. 아까 받은 이상한 쪽지……. 정말 괜찮은 거겠지?"

"뭐야, 너 그 여자애 장난질에 겁이라도 먹었어?"

키 작은 남자는 어이없다는 듯 마른 남자에게 버럭 소리를 지르더니, 타박을 연달아 놓았다.

"어차피 걔가 할 수 있는 거라곤 경찰에 신고하는 것뿐인데, 너도 낮에 봤잖아. 걔가 다시 신고한다고 해도 경찰들이 믿어 줄 것 같아? 어림없지!"

"그, 그렇긴 하지만……. 그, 그럼 빨리 끝내고 가자고!"

"하여간 겁은 많아서, 쯧. 그래, 시작해!"

키 작은 남자는 곧바로 맨 앞의 벌통 한 단을 들어 올렸다. 벌들이 주위를 돌면서 달려들었지만 '윙윙'거리는 날갯소리만 크게 낼 뿐 더 어찌하지를 못했다.

"이놈의 벌들은 오늘따라 왜 더 난리들이야? 벌통째 가져가려는 걸 알기라도 하나? 참 나!"

그때 기다렸다는 듯이 서은이가 외쳤다.

"아지뼈리루리! 지금이야, 물어!"

서은이가 지니에게 배운 주문을 외치자, 작업복 안에 미리 숨어서 기다리던 벼룩들이 도둑들을 사정없이 물기 시작했다.

"우아악! 뭐야, 갑자기 왜 이렇게 가려운 거야!"

"흐엑! 가려워 죽을 것 같아!"

도둑들이 가려움을 참지 못하고 이리저리 펄쩍펄쩍 뛰었
다. 삐쩍 마른 남자는 벌통을 놓치는 바람에 발등을 찍혀 고
통으로 몸부림쳤다. 그래도 벼룩들은 물기를 멈추지 않았
고, 도둑들은 온몸을 마구 문지르고 긁어 대다 결국 그물망

이고 작업복이고 모두 벗어 던졌다.

　"지금이야! 꾸루브! 공격!"

　서은이가 두 번째 주문으로 명령하자, 이번에는 벌들이
엄청난 기세로 도둑들에게 몰려들었다.

　"우아악! 버, 벌이다!"

"도망가! 빨리빨리!"

도둑들이 대문으로 정신없이 달렸다. 빠르게 문밖으로 나가는 데는 성공했지만, 그곳에는 임무를 멋지게 완수한 개미귀신의 함정이 기다리고 있었다. 도둑들은 곧바로 함정으로 떨어지며 비명을 질렀다.

"으악!"

"크아악!"

그사이 수개미는 서은이를 데려와 함정 앞에서 기다리던 지니 옆에 내려 줬다. 서은이는 지니가 건넨 무당벌레 분비물도 즉시 들이켰다. 큰일을 해낸 보람 때문인지, 이번에는 토할 만큼 쓴 맛이 거의 느껴지지 않았다.

원래 크기로 돌아온 서은이가 도둑들이 빠진 함정을 다시 확인했다. 예상한 것보다 훨씬 깊은 함정에 감탄을 금치 못했다.

"우아, 대단해! 어떻게 짧은 시간 안에 이렇게까지 깊이 팠어?"

"후후후, 그건 바로……."

지니가 거들먹거리는 웃음과 함께 설명하려는데, 서은이가 손가락으로 딱 소리를 내며 선수를 쳤다.

"아! 개미귀신들한테 무당벌레 분비물을 먹였구나, 맞지?"

"쳇, 오랜만에 잘난 체 좀 해 보려고 했더니만."

"그래도 지니 너, 정말 대단해! 그런 멋진 아이디어를 생각하다니!"

서은이가 단번에 알아맞히는 바람에 서운했던 지니가 이어진 감탄과 칭찬에 기분이 좋아져서 싱글벙글했다.

그런데 갑자기 벌들이 떼를 지어 나타났다. 도둑들을 쫓는 척하며 함정에 빠뜨리는 임무가 잘 끝났는데도 여전히 할 일이 남았다는 듯, 함정으로 줄줄이 질서정연하게 내려갔다.

의아해진 서은이가 벌들에게 물었다.

"너희, 뭐 하는 거야? 왜 함정으로 내려가는 건데?"

"나쁜 도둑들을 벌할 거예요."

벌들은 이제는 따로 시키지 않아도 알아서 순서대로 말

했다.

"앞이 안 보이는 착한 할아버지의 꿀을 훔쳤어요."

"그러니까 저들도 당해 봐야 해요."

"며칠 동안은 앞이 안 보일 거예요."

"뭐?"

서은이가 놀라 되물었지만, 벌들의 대답은 거기서 끝이었다. 곧이어 함정 안은 벌들의 세찬 날갯짓 소리와 도둑들의 비명이 섞인 요란한 소리로 가득 찼다.

그리고 잠시 후, 벌들은 아무 일도 없던 것처럼 함정을 나오더니 벌집으로 돌아갔다.

서은이는 도둑들만 남은 곳을 내려다보았다. 가로등 불빛이 비춘 도둑들의 눈두덩이가 벌겋게 부어올라 있었다. 그 모습이 너무 우스꽝스러워서 그만 소리 내서 웃고 말았다.

"아하하하하!"

"누, 누구야?"

키 작은 남자가 보이지도 않는 눈을 이리저리 돌렸다. 삐쩍 마른 남자도 놀란 목소리로 허공을 향해 물었다.

"너, 넌 혹시?"

"그래요. 경고장을 보낸 곤충 탐정이에요!"

서은이가 당찬 목소리로 답했다. 도둑들은 입이 떡 벌어졌다.

"뭐, 뭐?"

"너, 너! 우리가 나가기만 하면 가만 안 둔다!"

키 작은 남자가 주먹까지 흔들며 소리를 질렀다. 하지만 서은이는 우습다는 듯 대꾸했다.

"아유, 거기서 나올 수는 있으실까요? 아, 내일 아침이면 경찰들이 발견해서 꺼내 주긴 하겠네요. 물론 그 자리에서 체포되겠지만."

한껏 비꼬는 말투였다. 원래 어른에게 이런 식으로 말하면 안 된다고 배웠지만, 도둑들은 나쁜 사람이니까 아빠나 선생님도 이해해 줄 것 같았다.

"야! 애, 애야! 잠깐만!"

삐쩍 마른 남자가 겁먹은 목소리로 서은이를 불렀지만, 서은이는 간단한 인사로 대화를 끝내 버렸다.

"경찰이 올 때까지 오늘 밤은 푹 주무세요! 함정이 꽤 깊으니까 아늑할 거예요! 그럼 저는 이만!"

서은이는 기쁜 마음에 깡충깡충 뛰면서 그곳을 떠났다. 도둑들은 계속 뭐라고 소리쳐 댔지만 서은이는 자신이 흥얼거리는 콧노래에 취해 듣지 못했다.

지니가 서은이의 귓바퀴에서 콧노래를 따라 부르다가 물었다.

"첫 번째 사건을 해결한 기분이 어때, 곤충 탐정?"

"아냐, 아직 끝난 게 아니지. 도둑맞은 꿀도 원래대로 돌려 놔야 제대로 해결하는 거지. 안 그래, 지니?"

"오, 네 말이 맞네. 좋았어, 그건 내가 처리할게!"

지니가 맞장구치며 답하자, 서은이는 만족스러운 표정으로 고개를 끄덕이며 집을 향해 폴짝폴짝 뛰었다.

"서은아, 아직 준비 안 끝났어? 이러다간 지각하겠는데?"

아빠 목소리에 눈을 비비며 시계를 본 서은이가 침대에서 벌떡 일어났다. 벌써 여덟 시를 훌쩍 넘긴 시간이었다.

"으앗, 어떡해!"

서은이는 얼굴도 씻는 둥 마는 둥, 밥도 먹지 못하고 집을 나섰다. 정신없이 학교를 향해 뛰면서도 어젯밤에 지니가 뒤처리를 잘했을지 궁금했다.

숨이 턱까지 찰 정도로 뛰었지만, 교실 복도에 다다랐을 때는 이미 지각이었다. 오늘도 담임 선생님을 속상하게 했다는 죄책감에 힘없이 교실로 다가가는데, 뒷문에서 미란이가 나왔다.

'어, 미란이가 왜 우리 반에서 나오지?'

서은이를 본 미란이가 곧장 걸어왔다.

영문을 몰라 당황한 서은이는 자신이 또 뭔가 잘못한 게 있나 싶어 마른침을 삼켰는데, 미란이가 겸연쩍은 미소와 함께 입을 열었다.

"서은아, 고마워. 경찰이 아침에 그 도둑들 잡아갔어. 꿀도 네가 되돌려 놓은 거지? 도둑들은 모르는 일이라고 하더라?"

처음 듣는 미란이의 다정한 말투에 서은이가 당황스러워하며 답했다.

"아? 어, 맞아. 근데 할아버지 다치신 건 좀 어떠셔?"

"다행히 곧 괜찮아지실 거 같아. 그동안 내가 너 오해해서 미안해."

"아니야. 오해할 만한 상황이었잖아. 그러니까 미안해하지 않아도 돼. 다 잘 해결되어서 정말 다행이야!"

서은이는 미란이의 사과도 고마웠고 사건이 잘 마무리된 것도 기뻤다.

미란이의 표정이 확연히 밝아지더니 서은이로서는 엄두도 내지 못했던 말을 꺼냈다.

"그러면 서은아. 우리 이제부터 친구 할래?"

"으응?"

서은이가 놀라 되물었다. 그와 동시에 좋아하는 표정이 얼굴에 뜨는 걸 감추지 못했다. 똑똑한 미란이는 서은이의 반응이 긍정의 표현이라는 걸 알아채고 바로 손을 내밀어 악수를 청했다.

서은이는 믿기지 않는 듯 미란이의 얼굴과 손을 번갈아 보다가 덥석 손을 맞잡으며 소리쳤다.

"좋아, 이제 우린 친구야!"

미란이가 맞잡은 손을 장난치듯 위아래로 크게 흔들며 웃었다. 서은이도 마주 보며 헤벌쭉 웃었다. 따뜻한 기운이 서은이의 가슴에 가득해졌다.

잠시 후 미란이가 손을 풀며 작별 인사를 건넸다.

"이제 난 우리 반으로 가 봐야겠어. 서은아, 조만간 우리 집에 벌 보러 와!"

"좋아! 꼭 보러 갈게, 미란아!"

서은이는 떠나는 미란이의 뒷모습을 향해 계속 손을 흔들었다. 앞으로 미란이와 벌이나 다른 곤충 이야기를 나눌 생각을 하니 가슴이 뛰었다.

그런데 그때 교실 뒷문으로 담임 선생님이 다가오는 게 보였다.

서은이는 그제야 정신이 들었다. 오늘 지각에, 어제는 말도 없이 사라진 일까지 두 배로 혼날 상황에 머리가 아찔했다. 하지만 선생님은 오히려 온화한 표정으로 다가와 다정하게 말을 건넸다.

"어제는 미란이네 할아버님을 돌봐 드리러 간 거라며? 미란이가 조금 전에 와서 얘기해 주더라. 서은아, 그건 당연히 칭찬받을 행동이지만, 다음부턴 선생님한테 미리 말하고 가면 좋겠어. 네가 갑자기 사라져서 선생님이 진짜 걱정 많이

했거든? 아빠도 바쁘신지 연락되지 않아서 비상 연락망에
있던 할머님한테까지 연락드렸어."

미란이가 아침부터 서은이네 반을 찾았던 이유가 그것 때
문이었다. 일이 잘 해결되면 도와주겠다던 약속을 지키러
온 것이다.

'미란아, 정말 고마워!'

선생님에게 칭찬받고 미란이처럼 좋은 친구도 생기다니,
아무래도 곤충 탐정은 벌이 아니라 행운인 게 틀림없었다.

서은이가 아파트 현관으로 들어서는데 평소와 다르게 아
빠의 인기척이 들렸다. 오늘은 웬일로 아빠까지 일찍 퇴근
하다니, 이래저래 좋은 일이 연달아 생겨서 기분이 날아갈
것 같았다.

"아빠, 오늘은 일찍 퇴근했네?"

거실에서 전화를 받던 아빠가 고개를 돌려 서은이를 봤
다. 사랑이 가득 담긴 얼굴로 말했다.

"서은이 왔구나! 마침 잘됐다, 전화받아 봐."

아빠가 바로 휴대전화를 내밀었다. 아빠의 눈이 장난스럽게 보여서 서은이는 괜스레 긴장하며 전화를 받았다.

"여보……세요?"

"우리 호랑나비, 학교 잘 다녀왔어?"

서은이를 '호랑나비'라고 부르는 사람은 할머니뿐이다. 서은이가 어릴 때 노랑 옷을 많이 입었는데, 그 옷을 입고 이리저리 팔랑거리며 돌아다니는 게 호랑나비와 비슷하다며 붙여 준 별명이었다.

"할머니셨구나! 할머니!"

"아빠 말 잘 듣고 건강하게 지내고 있지?"

"네, 열심히 노력하고 있어요!"

"그래, 착한 우리 호랑나비. 그런데 어제 담임 선생님한테서 전화가 와서 할머니가 대충 둘러대긴 했는데……."

역시 예상했던 이유다. 외할머니에게까지 둘러댈 말은 미처 생각해 놓지 못한 탓에 서은이는 머리가 멍해졌다. 그런데 전화기 너머에서 믿을 수 없는 말이 들려왔다.

"어제는 곤충 탐정 일 때문에 그런 거지?"

"네?"

갑자기 모든 게 멈춘 것 같았다. 서은이는 혹시 자신이 잘못 들었나 생각했다. 할머니는 아무렇지 않게 이어 말했다.

"지니가 며칠 전에 놀러 와서 알려 주더구나. 네가 그만둘 것 같다고 하길래, 내가 그럴 리 없다고 걱정하지 말라고 했어. 결국엔 내가 생각했던 대로 네가 잘 해결한 거지?"

"네? 지니가 놀러……. 아, 아니, 그 전에! 할머니가 지니를 어떻게 아세요?"

"아, 지니가 말 안 했구나? 할머니도 너처럼 곤충 탐정이었단다."

"네에?"

서은이 자신도 모르게 목소리가 커졌다. 다행히 아빠는 부엌에서 요리하느라 듣지 못한 것 같았다. 서은이는 전화기를 두 손으로 감싼 채 거실 구석에 몸을 숨기고 할머니의 말에 귀를 기울였다.

"하지만 할머니는 아쉽게도 2급밖에 못 올라갔단다. 그러니까 서은이 너는 꼭 1급 곤충 탐정이 되면 좋겠어. 할머니

소원, 들어줄 거지?"

할머니는 이어서 다른 화젯거리로 이야기를 돌렸지만, 서은이는 넋이 나간 채 멍하니 듣기만 하다 전화를 끊었다.

"서은아, 할머니가 뭐라셔?"

"네, 네? 고, 공부 열심히 하라고요!"

서은이는 아빠 물음에 대충 대답을 얼버무리고 방으로 들어가 문을 닫았다. 그러고는 창가에서 지니를 불러 댔다.

"지니, 지니! 너 어디 있어, 어딨냐고!"

수개미가 날아오더니 대신 답했다.

"전령 지니는 남자 친구 초롱이와 놀러 갔습니다."

"뭐? 지니가 여, 여자였어?"

서은이가 예상치 못한 정보를 듣고 화들짝 놀라자, 수개미가 고개를 갸우뚱하며 말했다.

"그렇습니다만?"

그러나 지금 서은이에게 중요한 건 지니의 성별이 아니었다. 고개를 흔들어 정신 차리고 본론으로 들어갔다.

"아니, 지금 그게 문제가 아니라! 내가 곤충 탐정 된 거.

그거 내가 벌받아서 하게 된 거 맞지, 그렇지?"

"무슨 말인지 모르겠습니다?"

수개미는 금시초문이란 눈치였다.

"아니야? 그럼 어떻게 된 건데, 응?"

"곤충 탐정은 적합한 인간 어린이를 찾아서 임명하게 되어 있습니다. 전임 곤충 탐정에게 추천을 받기도 합니다. 곤충 탐정 신서은은 전임 곤충 탐정 최하리가 추천했습니다."

'최하리'는 바로 서은이 외할머니의 이름이었다.

"뭐라고? 그럼 공주개미 님과 있었던 일은 뭐야? 분명 공주개미 님이 나한테 개미를 괴롭힌 벌로 곤충 탐정 일을 해야 한다고 했단 말이야!"

"아, 그건 말입니다, 지니가 미리 신서은을 관찰했습니다. 신서은은 그냥 곤충 탐정을 시키면 말을 잘 듣지 않을 것 같다고 보고했습니다. 그래서 곤충 마법으로 상황을 만들어야 한다고 제안했습니다. 신서은이 공주개미 님을 만난 일은 꿈입니다. 보통 그런 경우에도 사건을 맡기로 결정하면 바로 곤충 탐정에게 알려 줍니다. 지니가 말하지 않았습니까?"

"뭐어?"

지니는 서은이가 곤충 탐정 일을 쉽게 수락하지 않으리란 걸 알고 꾀를 내어 감쪽같이 속인 것이다. 좋은 친구라고 믿었던 지니에게 배신감이 들었다.

"지니, 당장 나타나! 나타나서 설명하라고!"

"지니는 초롱이랑 놀러 갔다고 말씀드리지 않았습니까? 곤충 탐정, 오늘은 평소보다 좀 많이 이상합니다? 저는 가 보겠습니다."

수개미는 계속해서 로봇처럼 중얼거린 뒤 유유히 날아올랐다.

서은이는 화를 참지 못하고 안절부절못하다가 결국 창밖 하늘을 향해 크게 소리쳤다.

"지니!"

곤충 탐정을 주인공으로 하는 이야기를 처음 구상한 게 벌써 20년 전이에요. 여러분이 태어나기도 전이죠?

원래 주인공은 여자아이인 서은이가 아니었어요. 천방지축 장난꾸러기 소년이었죠. 하지만 여러분과 만나게 될 만큼의 시간이 지나면서 이런 의문이 들었어요.

'소녀 시절의 나도 이런 모험을 하고 싶었는데, 왜 소년을 주인공으로 했을까?'

세상의 고정 관념을 뛰어넘는 판타지 동화를 쓰면서도 정작 저도 모르게 쌓인 편견을 뒤늦게 깨달은 거죠.

새롭게 바뀐 주인공으로 여러분을 만나서 정말 기뻐요. 여러분도 서은이의 이야기를 통해 곤충이 징그럽거나 유해하지만은 않다는 것, 서로 공생하며 세상을 꾸리고 있다는 것을 알게 되길 바라요. 그렇게 곤충과 친밀감도 쌓고 지식도 얻고 상상의 나래도 펼칠 수 있으면 좋겠어요. 서은이의 다음 모험을 응원하는 것도 잊지 말아 주세요.

참, 곤충 탐정이 되고 싶다고 개미를 괴롭히면 안 되는 건 알죠? 오히려 곤충이나 동물을 사랑하는 친구가 곤충 탐정으로 선택받을 가능성이 높으니 꼭 기억해요!

동화는 처음이라 좌충우돌하고 우여곡절도 많았습니다. 부족한 원고에 크나큰 조언으로 새길을 열어 주신 임정진 선생님 고맙습니다. 신출내기 작가로 고생이 많았을 이지북 편집부에도 사과와 감사를 전합니다.

2024년 가을에

홍서록

© 홍서록·쏘우주, 2024

초판 1쇄 인쇄일 2024년 10월 29일
초판 1쇄 발행일 2024년 11월 12일

지은이   홍서록
그린이   쏘우주
펴낸이   강병철
편집   장새롬 유지서 정사라 서효원
디자인   이도이
마케팅   최금순 이언영 연병선 송의정
제작   홍동근

펴낸곳   이지북
출판등록 1997년 11월 15일 제105-09-06199호
주소   (04047) 서울시 마포구 양화로6길 49
전화   편집부 (02)324-2347, 경영지원부 (02)325-6047
팩스   편집부 (02)324-2348, 경영지원부 (02)2648-1311
이메일   ezbook@jamobook.com

ISBN   979-11-93914-39-7 74810
         978-89-5707-299-8 (세트)

"콘텐츠로 만나는 새로운 세상, 콘텐츠를 만나는 새로운 방법, 책에 대한 새로운 생각"
이지북 출판사는 세상 모든 것에 대한 여러분의 소중한 콘텐츠를 기다립니다.